그 여름의 체스판

그 여름의 체스판

발　행 | 2023년 01월 11일
저　자 | 여주동아리
펴낸이 | 한건희
펴낸곳 | 주식회사 부크크
출판사등록 | 2014.07.15.(제2014-16호)
주　소 | 서울특별시 금천구 가산디지털1로 119 SK트윈타워 A동 305호
전　화 | 1670-8316
이메일 | info@bookk.co.kr

ISBN | 979-11-410-1116-1

그 여름의 체스판

김주예 박한별 홍희연 백유림 최여정 함승현
지음

CONTENT

김주예   겨울에 기다리는 여름 7

         절대선이란 건 13

박한별   별빛처럼 빛나는 유제라는 우리 25

         흑백논리로 바라보는 세상은 무제였다 33

홍희연   여름 특별 학습, 방구석 학교 39

         악인이라는 족쇄 55

백유림   여름, 색 83

         흰색의 사랑을 한다는 건 87

최여정   크리스틴의 과거 90

함승현   처음 95

작가의 말 105

겨울에 기다리는 여름

김주예 [여름]

여름이 싫었다.

여름 냄새라던가, 여름비라던가, 여름 풀벌레가 우는 소리 하나하나까지도 다 좋다던 네가 전혀 이해되지 않았다.

여름은 너무 더웠고, 모두 짧고 얇은 옷을 입는데, 나 혼자만 긴 팔 긴 바지를 입어야 하는 게 싫었다.

특히,

"아, 맞아. 장마도 좋아!"

장마가 좋다는 너의 말은 가장 이해되지 않았다.

장마가 오면, 엎드려 울 때처럼 숨이 막혀 물에 잠겨버린 듯한 느낌이 들었다, 울지 않았는데도. 그래서 장마가 싫었다.

앞으로 어디까지 가야 하는지 막막했고, 그래서 이 쉬워 보이는 길이 더 눈에 들어왔다.

인생이라는 복잡한 길에 비해 내가 지금 걷고 있는 이 길은, 너무 편해 보였고, 확실했다.

운도 없고, 행복하지도 못하고, 살아있지도 못하는 사람이 걷는 길.

매일매일 쳇바퀴 돌 듯 똑같은 하루하루였다. 숨 막히고, 지루하다 못해 내가 살아있는 게 맞는지 의심됐다.

꿈과 진로를 강요하면서 비싼 음식과 옷들을 사주곤 이런 거 사주는 부모님께서 어디 흔하냐고 하는 말에는 대답할 수가 없었다. 본심이 튀어나올 것 같았기 때문에.

벽을 보고 대화하는 느낌. 하고 싶은 말들은 많았지만, 입밖에 나오지 못하고 목 곳곳에 찔려버렸다.

한국대? 의사? 그건 내 꿈이 아니었다. 명품 옷도, 맛있는 음식도, 별로 바라지 않는 것들이었다.

분명 이렇게 살면 비는 오지 않는다고 했는데, 조금씩 오던 비가 내 몸을 흠뻑 적셔버리기에는 많은 시간이 걸리지 않았다.

그리고, 그렇게 하루하루를 살다 보니 어느새 나는 내가 누구인지 하는 의문이 들었다. 싫어하는 건 많았지만 좋아하는 건 없었다. 진로는 있었지만 꿈은 없었다.

그렇게 인형처럼, 꼭두각시처럼 살던 중 만난 사람이 바로 너였다.

"기타를 왜 배우냐고? 나중에 싱어송라이터가 될 거거든!"

"세상엔 귀여운 게 너무 많아!"

"내가~ 좋아하는~ 떡볶이~"

좋아하는 것도 많고, 공부는 부족해도 충분히 똑똑한 사람이었다. 진로는 없어도 예쁜 꿈도 있었고, 한마디로 나와는 정반대되는 사람이었다.

사람은 자신과 반대되는 것에 끌린다고 했던가? 그날, 정말 오랜만에 좋아하는 것이 생겼다.

하지만 현실은 여전히 어둡고, 숨이 막혔다. 심해 속에 잠겨있는 것처럼.

현실을 바꿀 용기도, 힘도 없는 나는 이 각박한 삶을 끝낼, 유일하게 남들을 의식하지 않고 내 마음대로 선택할 수 있는 선택지가 있었다.

오르막길, 눈이 가득 쌓여있어서 미끄러웠다. 생각해보니 나는, 녹고 나면 더러워지는 눈이 싫어 겨울도 별로 좋아하지 않았다.

손 끝이 시려졌다. 입김을 불어 데워보려 했지만 어림도 없었다. 마지막 순간까지.

네 곁에 있을 때마다 잠시나마 숨통이 트였던 나였지만, 너를 처음 봤을 때부터 깨달아다. 넌 나 같이 어두운 사람 곁에 있을 애가 아니라고.

아무리 노력해도 너처럼 빛날 수는 없으니, 차라리 별이 되고 싶었다.

마침내 계단을 다 오르고, 난간을 뛰어넘으려 손을 댔지만, 생각보다 차가워서 바로 손을 뗐다.

잠깐 본 수평선 너머는 아주 예쁘게 느껴졌다. 반짝반짝한 조명들이 강물에 비쳤고, 그 건너 건물들과 차들의 불빛은 작은 점이 된 것처럼 보였다.

그러고보니까 네 버킷리스트였다. 다리 위에서 야경 보는 것. 정확히는 겨울이 아니라, 여름에 보는 것이었지만.

이상한 생각이 떠올랐다. 손 끝이 너무 차가워서, 여름에 학교 운동장에 나가 따뜻하게 데우고 싶다는 그런 상상.

여름도 학교도, 내가 싫어하는 것들인데.

눈이 터질 듯 아팠지만, 눈을 감지 않아 시야가 뿌예졌다. 결국, 고개를 숙이자 눈물 한 방울이 툭, 떨어졌다.

생각해보니 좋아하는 것을 할 때의 너의 눈은 항상 반짝반짝했다. 그리고 그 눈을 보고 있으면 나도 모르게 피식 웃음이 나왔다. 그 반짝반짝한 눈을, 여름에는 매일 볼 수 있지 않을까?

바람이 불었다. 너무 차가웠다. 하지만 여름이었다면 반가웠을 바람이라는 생각이 들었다.

지금은 겨울이다. 나는 눈이 싫지만, 어쩌면, 조금만 더 버티면, 매일 한 번씩 웃는 것도 어쩌면 가능하지 않을까.

난 항상 겨울잠을 자고 있던 게 아니었을까. 아무 생각도 감정도 없이. 추운 겨울 속에서. 어쩌면 진짜 여름을 보지 못한 걸지도 모른다. 그리고 너는, 나의 겨울잠을 깨워주었고, 비몽사몽 한 나에게 많은 것들을 가르쳐 주었다.

그리고 이제는, 잠이 완전히 깬 거 같다.

나는 천천히 고개를 들고 옆으로 돌아섰다. 그리고 계단을 내려갔다. 두 발로 걸어서.

내 겨울잠을 깨워 준 너였고,

겨울에 기다리는 여름이었다.

절대선이라는 건

김주예 [학교+흑백논리]

나는 나쁜 사람이다. 절대 착한 사람이라고는 할 수 없는, 하지만 딱히 눈에 띄지는 않는, 딱 그 정도의 사람이다.

분명 그랬는데‥.

"……뭐 내가 틀린 말 했어?"

내가 왜 이러고 있는 걸까.

사람들의 시선이 이쪽으로 집중되는 게 느껴졌다. 나서는 일에 절대 익숙하지 않은 나는 곧바로 집에 가고 싶어졌지만, 한쪽에서 날 보고 있는 네가 보여 티는 내지 않았다. 어떤 표정을 짓고 있는 걸까. 여기선 잘 보이지 않았다.

그래, 그러니까 이건 다 너 때문이다.

그냥 같은 반 남자아이였다. 딱히 대화해본 적도, 별다른 관심도 없었던.

우리 학교에는 아주 가끔 코코라는 고양이가 돌아다녀 애들의 이목을 끈다. 제발 매일매일 와줘!! 하지만 나는 알고 있다. 그 귀여운 고양이는 매일매일 창고 뒤 편에 와서 나랑 논다는 걸. 그날도 어김없이 학교에 일찍 등교해 코코랑 놀고 있던 평범한 날이었다.

"코코야~ 넌 좋겠다. 수행도 안 보고…."

어묵 꼬치를 힘없이 흔들며 어묵처럼 흔들거리는 코코의 꼬리를 보며 넋 놓고 있을 때였다.
-부스럭, 인기척이 느껴졌지만, 대부분 창고에 들어가거나 이 근처만 지나가고 말기 때문에 신경 쓰지 않았다. 전혀 예상하지 못했으니까, 이 학교에 코코 집사가 한 명 더 있었을줄은.

"헐, 뭐야."
"….?"

그것도 전교생 중 우리 반 남자애가 집사일 줄은 몰랐다.
은하연. 이름도 얼굴도 목소리도, 정말 1도 외우고 싶지 않았는데 2학년이 되고 일주일 만에 외워버린 애다. 왜냐하면…..

"대박이다~! 아, 맞다. 너 고양이 좋아한다고 했었나? 그 자기소개할 때…."
"아니. 그건 지민이…."
"그래! 혹시 걔도 코코 여기 오는 거 알아?"
"아니…."

..... 엄청나게 시끄러우니까! 역시 극도의 인프피인 나에게는 전혀 맞지 않는 애다. 눈치도 좀 없고, 내 에너지가 논스톱으로 줄어드는 느낌….

"난 간다."
"어? 왜? 아직 16분 남았는데?"
"숙제해야 해."

나 말고 다른 사람 다리에 부비부비를 하는 코코를 보니, 코코를 뺏긴 느낌이 약간 들었지만 스스로 너무 한심한 느낌에 단답형으로 대답하곤 자리를 떠났다.

그리고 이땐 몰랐지.

"넌 친구도 많으면서 왜 애들한테 코코 얘기 안 해?"
"아… 걔네가 알면 뭔가 코코가 이쪽으로 안 올 거 같아서."
"나쁜 애들은 아닌데… 계속 코코가 피하는데도 만지려고 하고… 초콜 릿과자 주려고 하고…."
"그냥 나쁜 애들 맞잖아!"
"하지 말라고 계속하는데… 아니 나 진짜 억울한 게 코코랑 스킨십 하 는데 꼬박 두 달 걸렸거든?"
"헐, 나도 그쯤 걸렸어!"

처음으로 은하연의 얘기에 관심을 두게 된 날. 누가 첫인상이 가장 중 요하다고 했던가. 계속 거부하는데 귀엽다고 쓰다듬는 건 잘못됐다느니. 고양이가 말을 못하는 게 아니라 사람이 고양이 말을 못 알아듣는 거라느 니. 내 머릿속을 들여다보기라도 한 듯, 백 번 공감되는 말에 계속 고개 를 끄덕이다 보니, 어느새 내적 친밀감은 충분히 쌓여있었다.

교실.

여느 날들처럼 친구들과 수다나 떨면서 한가하게 점심시간을 만끽하고 있던 날이었다. 교실 창가 쪽 맨 뒷자리라 에어컨은 등의 바로 뒤에서 불어왔고, 하늘은 구름이 적당히 햇빛만 가리는, 맑은 날씨였다.

"야, 미친. 대박!"

옆에서 시끄러운 무리의 여자애들이 말하는 소리가 바로 옆에서 고막을 때리듯 들렸다. 발성 좋네. 폰 안 낸 걸 티 내는 듯 페북 어쩌고 소리가 들렸지만, 신경 쓸 필요는 딱히 없었다. 일상이니까.

"야 오늘 급식 뭐냐?"
"아니 오늘 개맛없‥‥."
"씨X! 완전 미X 거 아니냐?"

‥‥ 만화였다면 분명 오른쪽 귓구멍에서 피가 주룩 흘렀을 것이다. 하지만 이것도 일상적인 거니까, 오늘도 평화로운 우리 반 따위 드립이나 치며 무시하려고 했다.
여자애들이 다 들으라는 듯이, 스피드웨건 마냥 떠벌리지 않았더라면.

"야, 전고 학폭 터졌대! 학폭 수위 개미쳤는데? 사람이냐?"
"와‥ 멍청이네ㅋㅋ. 이 조그만 시골에서 사건 터지면 바로 신상 털리는 거 모르나?"
"미X, 이게 뭐야‥‥ㅜㅜ 개또X인가?"

사실 여기까지도 별로 관심 없었다. 전자고가 쓰레기인 건 이미 아는 사실이고 했으니까. 새희가 쟤네가 더 시끄럽다느니 어쩌고 하는 말에 맞장구나 쳐주려고 했다.

그 익숙한 이름을 듣기 전까지는.

"야, 근데 얘네 은하연 친구들 아니야?"

가슴이 철렁 내려앉는 느낌이 들었다. 분명 조금 전까지는 나랑은 상관없는 이야기였는데, 갑자기 귀가 맑아진 것 마냥 아이들의 이야기가 듣고 싶지 않아도 귀에 쏙쏙 들어왔다.

은하연을 의심하는 건 당연히 아니다. 그저, 말도 안 되는 개 멍멍이 소리를 떠들어대며 신이 나게 씹어 댈 상황이 머릿속에 그려진 탓이다.

"헐, 미X. 맞아! 나 중학생 때 인스타에서 봤어!"

물론 말도 안 되는 내 상상일 거다. 나랑은 달리 친구도 많고 햇살햇살하던 애다. 분명 개소리임을 알아챌 것이다. 그래야 했다.

그때, 옆에서 듣던 새미와 지민이가 소곤대다가 나를 툭툭 건드리곤 말했다.

"야야, 김채. 은하연 쟤네랑 관련 있나 봐. 너 걔 싫어했잖아."
"역시 마약탐지견 수준…."
"…아니야."
"엉?"

방금 전에 한 짓을 후회했다. 분위기는 물론 새미와 지민이조차 그렇다고 하는데,

"아‥ 그‥‥ 렇지."

나는 혼자 아니라고 할 용기가 없었다.

17

"아니, 솔직히 친구 보면 그 사람을 아는 거잖아~"
"그러니까… 은하연 첫인상은 그냥 인싸였는데‥ 주위 친구들이…."
"아, 진짜 개에반데. 학폭이랑 관련 있는 거 아니겠지?"

난 앞니로 입술 밑 살을 꾹 깨물었다. 너무 부끄럽고, 미안했고, 나 자신이 너무 싫어졌다. 네가 내 상황이었다면 이러지 않았을 텐데.

그때, 뒷 문이 요란하게 열리고, 익숙하지만 지금은 전혀 듣고 싶지 않은 목소리가 들려왔다.

"미친 개더워! 물 있는 사람!!"

미친듯이 몰아치던 생각이 뚝 끊기고, 잠시 정적이 찾아왔다. 내 머릿속에서도, 교실 안에도.

"뭐야, 분위기 왜 이래? 누구 싸웠냐?"

속이 울렁거렸다. 싸해진 분위기 속에서도 혼자 밝게 웃는 네 얼굴이 보였다. 그리고 나는 그 밝은 얼굴을 보기가 힘들어 그대로 고개를 숙여 엎드렸다.
그 뒤로는 믿고 싶지 않을 만큼 일사천리로 한 사람의 자리가 무너져갔다.

"다들 왜 그래? 내가 뭘 했는데!"

복도에서 은하연과 다른 애들의 목소리가 들렸다. 나는 은하연과 마주치기 싫어 고개를 숙이고 빠른 걸음으로 교실로 들어갔다.

'저렇게 화난 목소리 처음 들어….'

당연히 다들 알 줄 알았다. 누구든 똑같이 부드러운 목소리로 말해주고, 신이 날 땐 웃음 섞인 목소리로 떠들고, 매일 밝은 에너지를 주던 은하연에게는 전혀 악의가 느껴지지 않는다는 걸. 어쩌면 나만 그렇게 느낀 걸까. 생각 없이 실실 웃고 다니는 것 같았던 첫인상과는 다르게 생각도 깊었다던가, 말하는 걸 들어보면 한 마디 한 마디 신중하게 하는 게 느껴지는 말투라던가, 어울려 다니는 남자애들보단 조금 작아 보였는데 막상 가까이 가니 큰 키라든가 하는…….

…….

설마.

아닐거다. 아니라고 부정하고 싶었다. 자각해도 하필 이 상황에, 이때에. 자기혐오란 이럴 때 쓰는 말일까. 내가 너무 역겨워 토할 것 같았다.

당장 오늘 아침에도 눈 마주치기가 무서워서 고개 숙이고 온 주제에, 좋아한다니. 나는 좋아할 자격이 없었다.

나는 터벅터벅 내 자리로 걸어가 털썩 주저앉았다. 그러자 앞자리에 있던 지민이와 새미가 내 쪽으로 고개를 돌렸다.

"김채하… 머야 어디 아파?"

"아니‥ 그냥….."

고개가 너무 무거워 들 수 없었고, 복도에서 소리치던 은하연의 목소리가 자꾸만 귀에 맴돌았다. 그래서 책상에 엎드리니 조금 나은 것 같았지만, 여전히 속은 울렁거렸다.

나는 고개를 약간 돌려 지민이에게 물었다.

"밖에 무슨 일인지 알아?"
"어‥. 그냥 복도에서 뒷담하다가 걸린 거 아님?"
"쟤네 은하연 친구들 아니야?"
"바로 손절했나 보지."

그때, 옆에 있던 새미가 밖을 잠깐 쳐다보더니 말했다.

"아, 나 뭔 일인지 알아."
"그 뭐냐. 은하연 중학생 때 겁나 친했다던 애들이 학폭 심하게 하다가 걸렸는데, 중3 때였나? 그때부터 시작됐다고 해서, 최소 방관 아니냐고, 막 평소에 담배 냄새 났던 적도 있다 그랬나? 솔직히 그렇게 심한 폭력 방관했으면 직접 하지는 않았어도 똑같은 놈 아니냐고, 존X 양분화, 아니지 걍 다굴이었는데."
"‥‥‥‥"

괜히 들은 거 같다. 지금이라도 나가서 그게 뭔 멍멍이 소리냐고 따지는 게 낫지 않을까. 솔직히 이게 이렇게까지 할 일인가 싶었다. 그냥 다같이 나쁜 새X들 잡으면 되는 일 아닌가…?

그때, 턱을 괴고 가만히 듣고 있던 새미가 입을 열었다. 정말 예상치 못한 말을 하면서.

"근~데~ 솔직히 좀 억까 아니냐?"
".... 응?"

그러자 지민이도 말을 보탰다.

"하긴, 솔직히 처음엔 좀 긴가민가했는데, 은하연 걔가 눈치 빠른 편도 아니고, 사람도 잘 못 미워하지 않냐."

"그니까 걔역까야~ 쟤네 친구들 맞냐?"

나는 순간 얼이 빠져있었다. 그리고 약 5초 후, 그동안 복잡하게 고민했던 게 무색하게도 내가 멍청했다는 걸 쉽게 깨달았다.

"아, 이거 그거잖아, 그..."

지민이가 머리에 두 손을 얹고는 말을 찾았다.

"아, 그‥ 그… 아 맞아! 불안함이 만든 흑백논리에 일반화!"

"오~ 네가 그런 단어 쓰니까 안 어울리는데~"

"아이씨, 죽을래?"

흑백논리‥ 일반화… 다 맞는 말이었다. 걔네가 과연 망상과 억측 때문에 얼마나 불안했을지는 모르겠지만,

적어도 자신들의 그 깨끗한 기준에 맞지 않는다고 해서, 그 학폭했다는 가해자들과 똑같은 쓰레기로 취급하고 성품까지 일반화해버렸다.

모르겠다, 정말. 전부 복잡했고, 어찌 됐건 나는 은하연을 좋아한다. 쓰레기라도 좋아한다거나 그런 게 아니다. 그 애가 어떤 애인지 알고, 확신하기 때문에 이러는 것이다.

나는 단순한 사람이다. 그래서 내가 봐왔던 하연이만 믿을 것이다.

나는 겁 많고 고집 많은 사람이다. 하지만 하연이는 그런 내게 용기를

주고, 변화를 주는 사람이었다.

　그동안 머리를 싸쥐며 고민해도 나오지 않았던 답이, 조금의 추진력을 받으니 막힘없이 술술 나왔다.
　나는, 그딴 복잡하고 모순된 억측 따위에 휘둘리지 않을 거다. 그리고,
　드르륵-

뒷문이 열리고 애들이 들어왔다. 복도에서 하연이와 싸우던 애들이었다.

"진짜 개 어이없네; 우리가 보기엔 똑같이 무섭고 짜증 나는데."
"존X. ㅋㅋㅋㅋ 가해자 입장 알고 싶지 않음."

나에게 용기를 준 너를 위해, 그 용기를 낼 것이다.

"그건 좀 아니지 않아?"

세상은 흑과 백, 둘로 나뉘지 않고,

"솔직히 그냥 싸우고 싶은 거 아니야? 너희도 알잖아 존X 억까인 거."

나는 '일반적인 애들'이 아닌, 내가 직접 본 것을 믿으며,

"그렇게 생각하고 싶으면 그렇게 생각해. 근데, 아무리 그래 봤자 너희가 원하는 대로 되지는 않아."

지금 하는 말이 진리는 아니어도, 틀린 말도 아닌 건 확실하다.

"너희는 결국 선동, 날조해서 멀쩡한 사람 따돌린 거고. 축하한다. 너희가 좋아하는 가해자 됐네."

절대 악이 뭔지, 절대 선이 뭔지는 아직 모르겠다. 하지만 절대 선이 있다면,

"......뭐 내가 틀린 말 했어?"
조금은 오글거려도, 널 향한 내 마음만은, 절대로 악의가 없는, 선만으로 이루어진 절대 선이다.

별빛처럼 빛나는 유제라는 우리

박한별 [여름+학교]

너는 내 학창 시절에 가장 소중한 존재였어. 분명 또 볼 날이 오겠지? 만약 언젠가 우연히 만나게 된다면 서로 먼저 인사하자. 네가 내 꿈을 응원해 준 것처럼 나도 네 꿈을 응원할게. 내가 특별히 내 아지트를 선물로 남겨줄게ㅋㅋㅋ. 만약 이 편지를 보면 전화는 하지말고, 나 이제 연락망 다 끊기거든. 그래도 이건 내 꿈을 이룩기 위한 거니까 후회하지 않아. 나 만약에 데뷔하게 되면 너 1호 팬 시켜줄게ㅋㅋㅋ. 잘 지내. 보고 싶을 거야. 안녕.

편지를 읽은 나는 편지를 들고 역으로 뛰어갔다. 혹시라도 너를 볼 수 있을까, 기대하면서. 한 편으로는 네가 편지에 쓴 것처럼 정말 내 곁에 네가 없을까, 걱정하면서. 이런 편지를 썼을 너를 너무 보고 싶어 달려갔다. 숨이 턱까지 차올라 숨을 쉴 수 없다 하여도, 달릴 심정으로. 달려가면서 우리가 다녔던 학교를 지나쳤는데, 눈물이 날 것 같았다. 거짓말을 조금 보태서 이 학교를 다니며 떨어진 순간이 단 한 번도 없었던 우리였는데, 이제 떨어져 만날 수 없을 거라니. 너는 왜 편지 한 장만 두고 떠나려 했는지 미워하고 싶었지만, 그러기엔 네가 너무 보고 싶어서 관뒀었

25

다. 역까지 뛰어가는 데 이대로 죽는 건가 싶을 정도로 힘들었지만, 죽기 전에 너에게 할 말은 다하고 죽어야 해서 한 번도 쉬지 않고 달렸다.

역까지 달려와서 아무 사람이나 잡고 물어봤다. 다들 바쁜지 말을 해주지 않아 더 애가 탔다. 마침내 들은 대답에서 서울까지 가는 기차가 이미 떠났다고 했을 때, 그땐 정말 너와의 연이 끝인 게 실감이 났다. 나는 아직 너와 끝낼 준비조차 되어있지 않은데. 다리에 힘이 풀려서 바닥에 주저앉으니 눈물이 차올랐다. 편지에 답장할 주소도 써두지 않은 네가 너무 원망스러웠다. 너랑 하고 싶은 것들이 많아서 노트에 적어두기까지 했는데 그것들이 아무 쓸모가 없어졌다.
그렇게 우리는 이별했다.

햇볕이 내리쬐는 봄과 여름 그 어중간한 계절에 우리는 처음 만났다. 서울에서 이곳으로 전학 온 나는 학교에 좀처럼 적응하질 못했다. 부모님의 직장 때문에 전학을 많이 다녔음에도 불구하고 그 달은 친구를 잘 사귀지 못하고 반에서 겉돌았다. 그러다 너와 친해진 것은 구름 한 점 없는 여름날이었다.
점심 시간에 축구를 하던 애들을 가만히 앉아 보고 있던 나는 정말 뜬금없게도 축구를 하는 모습을 그리고 싶어졌다. 그래서 매일 점심 시간마다 그림 노트를 들고 나와 그림을 그렸다. 당연하게도 나는 평소 그림 그리는 것을 좋아해 점심 시간마다 하루도 빠짐없이 운동장 스탠드에 앉아 그림을 그렸다. 정말 좋은 연습 시간이었다.

나는 평소와 같이 축구하는 애들 중 그릴 사람을 고르고 있었다. 그때 내 눈에 띈 한 애가 있었는데, 이상하게도 그대로 멈춰 1분 동안 벙찐 채 그 애만 바라봤다. 어떤 아이가 실수로 나를 치고 지나갔을 때 그제야 정신 차렸다. 나는 노트를 집어 들어 아까 바라보던 그 아이를 그렸다. 얼굴까지 따라 그리는 건 오랜만이라 조금 어렵긴 했지만, 결국은 좀 닮게 그려지는 것 같아 기분이 좋았다. 나는 평소보다 더 심혈을 기울여서 그 애의 그림을 마저 그렸다. 나는 마치 시험공부를 하는 것 같은 엄청난 집중도로 그림을 완성했는데, 그 덕분에 나는 주위에서 나에게 조심하라는 말을 듣지 못한 채 날아오는 공을 맞아버렸다.

당연히 드라마처럼 공을 맞고 기절하는 일은 일어나지 않았다. 단지 나는 손을 맞아서 손가락이 너무 아플 뿐이었다. 내가 노트를 내려놓고 고통스러워하는 동안 축구를 하던 아이들이 나에게 달려왔다. 나는 괜찮다며 얼른 가서 축구를 계속 진행하라고 했지만 한 아이는 너무 아파 보이는 데 어떻게 가냐며 양호실에 같이 가자고 했다. 나는 거절하려 했지만 내가 입을 열었을 땐 이미 그 애가 내 손목을 잡고 나를 양호실로 데려가고 있었다.

양호실에 가 선생님께 내 손가락을 보여드리니 선생님은 얼굴을 찡그리시곤 병원에 가봐야 할 것 같다고 하셨다. 내 손가락은 양호실로 오는 사이 많이 부어 다른 손가락들보다 더 굵어져 있었다. 그 애는 병원에 가야 한다는 선생님의 말씀에 정말 미안하다며 자신도 병원에 같이 가겠다고 했다. 나는 거절하려 했지만 걔는 이미 교무실로 달려가고 없었다. 결국 우리는 같이 병원으로 향했다.

우리는 나란히 서서 버스를 타고 병원으로 향했다. 오후 시간 대라서 사람들이 많은 건지 자리가 하나도 없었다. 학교에서 약 20분 거리의 병원은 다행히 문이 열려있었다. 병원에 도착해서 진찰을 받은 나는 너무 놀랐다. 오른손 검지 손가락 뼈에 금이 간 것이었다. 원래 뼈대가 얇고 약한 편인 것은 알았지만 이 정도로 약한 줄은 몰랐는데. 그 애는 너무 미안하다며, 내가 오른손잡이인지 물었다. 나는 고개를 끄덕였고, 그 애는 무언가 결심한 표정으로 말했다.

그리고 그때부터 그 애는 네가 되었다.

너는 매번 나를 따라다니며 나의 모든 일들을 도와줬다. 필기를 할 때면, 계속 나에게 괜찮냐며 물어보고 대신 필기를 해주려 했다. 나는 최대한 내가 필기를 했지만, 가끔 써야 하는 내용이 많은 수업은 어쩔 수 없이 너에게 부탁해 필기를 해야 했다. 나는 너도 공부해야 하는 데 부탁해서 미안하다고 했지만, 너는 저의 꿈을 이루기 위해 공부는 하지 않으니 상관없다고 했다. 조금 아이러니 했다. 꿈을 이루기 위해서 공부를 하지 않는다니. 너의 꿈이 무엇인지 궁금해지기 시작한 시점이었다.

나는 너와 같이 다니며 조금씩 학교에 적응했다. 한 번도 하지 않았던 학교 구경을 그제야 해보고, 너와 친했던 친구들 중 몇 명과 오래 말해보기도 했다. 그때부터 내 기억 속 진정한 학교생활이 시작되었다. 그러니 당연하게도 너는 나에게 있어 햇빛처럼 꼭 필요한 존재가 되어갔다.

여름 방학식이었다. 이상하게 이제 한동안 너를 보지 못한다니 기분이 이상하게 좋지 않았다. 되려 우울하기까지 했다. 우리는 내 손가락이 다 나았지만 계속 붙어 다녔고, 우리는 그게 당연하다는 듯이 아무 말 한마디도 하지 않고 같이 다녔다. 그리고 이젠 그렇게 궁금해하던 네 꿈을 알고 있고, 너도 내 꿈을 알고 있었다. 어느새 부쩍 가까워진 우리였다. 우리는 자연스럽게 방학에 약속을 잡았다. 너는 나에게 저의 아지트를 알려주며 그곳에서 만나자고 했다. 이상하게 기분이 좋아졌다. 가지고 있던 우울감이 한순간에 날아가 버려 없었던 것이 된 것만 같은 기분이었다.

———

　우리가 아지트에서 만나서 하는 건 별거 없었다. 나란히 책상에 앉아 나는 문제집을 풀고 너는 노래를 흥얼거리거나 요즘 유행하는 노래의 춤을 췄다. 내가 문제집을 풀다 쉴 때면 너는 하던 걸 멈추고 나와 이야기했다. 대부분 서로의 꿈, 어제 방영한 드라마, 최근에 난리가 난 뉴스의 보도 내용 등에 대해서 이야기했다. 그리고 네가 가장 눈을 반짝거리며 하던 이야기는 노래에 관한 이야기였다. 너는 외국의 팝가수를 좋아했는데, 그 덕분에 여름 방학에 노래를 가장 많이 들었던 것 같다. 네 꿈은 네가 좋아하는 가수처럼 되는 것이었다. 나는 그 꿈이 정말 멋지다고 생각했다. 아무래도 나는 현실에 도망쳐 공무원이나 해야겠다는 생각밖에 없었으니까.
　하루는 같이 나란히 누워 자신의 꿈에 대해 이야기하고 있었다. 나는 항상 네 이야기를 들어주는 입장이었는데, 이 날 만큼은 네가 내 이야기를 물어봤었다. 나는 얼떨결에 내가 원하는 진짜 꿈을 이야기했었다. 내가 원하는 진짜 꿈은 그림을 그리는 일이었다. 하지만 현실에 부딪혀 나는 그 꿈을 포기한 지 오래였다. 너는 내 이야기를 듣더니 벌떡 일어났다. 그리고 나에게 말을 마구마구 쏟아내었는데, 그 말이 너무 고마웠다. 우린 현실을 생각하기엔 너무 어리고, 현실은 생각보다 뭣같이 아름답다는 것. 너 덕분에 미래가 별로 두렵지 않은 것 같았다. 너는 나에게 있어서 용기를 주는 그런 존재였다.

　너는 평소처럼 서울에서 오디션을 보고 와서, 나에게 오디션에서 일어났던 일들을 말해주었다. 그날은 아지트가 아닌 분식집에서 만나 떡볶이를 먹었다. 너는 춤을 추다가 삐끗해 넘어져서 매우 창피했다고 말했는데, 듣다가 너무 웃겨서 숨넘어갈 뻔했다. 심사위원들도 분명 웃음을 참느라 힘들었을 것이 분명했다. 우리는 떡볶이를 제대로 먹지 못할 만큼 숨이 넘어가라 웃었다. 시간이 멈추었으면 좋겠다는 생각을 할 만큼 감히 행복했다. 그 후로 시간은 멈추지 않고 끊임없이 움직였고, 너의 노력은 너를 배신하지 않았다.

너와 이별 아닌 이별을 한 뒤에 약한 감기 몸살을 앓았다. 생각보다 너는 나에게 있어 없어서는 안 될 소중한 존재였나 보다 했다. 그리고 편지의 내용을 외워버릴 만큼 읽고 또 읽었다. 그렇게 하지 않으면 너를 다시 만나지 못할까 봐.

다시 학교에 나가선 너 덕분에 친해진 친구들과 잘 지냈다. 빛이 나는 네가 나에게 빛이 난다고 해서, 그에 걸맞게 빛이 나도록 잘 지냈다. 너와 했던 것들을 네가 아닌 다른 친구들과도 해보고, 너와 같이 여야 할 수 있었던 것들을 아주 조금만 그리워해보기도 했다. 친구들과 지내며 학교생활에 충실하다 보니 금방 네 빈자리가 작아진 것만 같았다. 하지만 그도 잠시 내가 틀렸다는 듯이 네 빈자리가 너무나 크게 느껴졌다. 네가 없는 방학이었다. 빈자리가 그동안 없었던 것이 아닌 숨어있던 것이었던 건지, 정말 그렇게 공허한 방학은 처음이었다. 그 후 우리의 아지트는 나만의 아지트가 되었다. 겨울방학 동안 나는 공부에 매진했지만, 하루도 빠짐없이 아지트에 가서 공부했다. 그러다 혼자여서 허전할 때면 포스트잇에 마음속에 둥둥 떠다니는 말들을 잡아 써넣었다. 그 포스트잇들은 겨울방학이 끝날 때 즈음 벽의 반을 다 채웠다.

우리가 처음 만났던 16살의 여름은 벌써 추억 속에 번져져있다. 어쩌면 우리가 다시 만날 수도 있다는 생각으로 살아가게 된다.

별빛처럼 빛나는 유제라는 우리 fin.

흑백논리로 바라보는 세상은 무제였다

박한별 [흑백논리]

선과 악

항상 소설 속에서는 **선**과 **악**으로 나눈 세계를 보여주었다. 주인공들은 항상 **선** 속에서 해피엔딩을 만들어냈다. **선**이라는 하얀색은 다른 한쪽을 **악**이라는 검은색으로 만들어 버렸다. 그렇기에 사람들은 소설을 보며 이 세상도 **백**과 **흑**으로 나누어져 있다고 믿었다. 물론 세상은 너무 많은 색으로 나누어져 있었다.

'**악**이 이긴다면 이 소설의 엔딩은 당연히 새드엔딩일까?'

소설 속 한 빌런의 의문이었다. 빌런은 이 소설의 주인공이었지만 악역에 불가했고, 자신이 엔딩에서 행복하다면 그 엔딩은 기필코 새드엔딩일 것이었다. 빌런은 자신이 행복해지길 원했고, 감히 이 소설의 엔딩마저도 행복하길 원했다. 하지만 이 소설은 빌런을 **악**이라는 **흑**에 가둬버렸다. 빌런은 자신이 **흑** 속에 있다는 것을 인지한 이후 깨달은 것이 하나 있었다. 자신은 이 소설의 해피엔딩을 위해 불행해야만 했다. 악역의 불행으로 해피엔딩을 만드는 일은 소설 속에선 당연한 일이었다. 하지만 빌런은 이 소설의 해피엔딩을 위해 불행하기엔 자신의 행복에 대한 갈망이 너무나 컸다.

소설의 주인공은 **백** 속에서 **흑**에 있는 빌런을 바라보았다. 빌런은 자신의 해피엔딩을 방해하고 있었고, 자신은 독자들에게 그 행복을 보여줘야 했다. 그래야만 이 소설의 끝은 해피엔딩이었다. 주인공은 **백**에 갇힌 자신을 원망했다. 자신은 독자들이 원하는 자신의 행복을 보여주기엔 저의 행복에 대한 갈망이 없었다. 차라리 자신은 이대로 불행해 새드엔딩을 맞고 싶었다. 하지만 이 소설의 결말은 해피엔딩으로 계획되어 있었고, 주인공은 어쩔 수 없는 **선**이었다.

빌런은 자신의 행복을 위해 주인공을 없애야 했다. 자신은 절대 불행하지 않을 것이고, 자신이 행복한다면 그것대로 해피엔딩일 수 있다고 믿었다. 빌런이 주인공을 찾아가 은밀히 그를 죽인 것은 소설의 마지막 페이지였다. 빌런은 당연히 이 소설의 끝은 **흑**일 것을 알았다. 하지만 검은 해피엔딩도 존재할 거라 생각했다. 빌런은 어리석기 짝이 없었다. 소설의 엔딩은 계획에는 맞지 않는 새드 엔딩이었고, 검은 해피 엔딩 따위는 없었다. 소설 속의 **흑**과 **백**은 그리 호락호락하지 않았다.

사람들은 소설의 정의를 알고 있었다. 작가의 상상력을 바탕으로 꾸며낸 이야기. 그것이 소설의 사전적 정의였다. 하지만 사람들은 자주 이 정의를 잊고 소설을 세상과 동일시하게 바라보며 착각에 빠져 살았다. 점점 사람들은 세상을 소설과 동일하게 바라보았고, 퍽이나 어리석은 짓이었다.

세상은 앞서 말한 것과 같이 아주 많은 색으로 나누어져 있었다. 그렇기에 세상을 **흑**과 **백**으로만 나눌 수는 없었다. 하지만 앞서 말한 것과 같이 사람들은 착각해 세상을 **흑**과 **백**으로 바라봤다. *그로 인해* **흑백논리**가 *존재하기 시작했다.*

⸺

이 세상에는 절대 **악**이라 불리는 연쇄 살인마가 있었다. 키는 얼마 크지 않지만, 얼굴은 누구보다도 예뻤으며 항상 하이힐을 신고 다녔다. 머리카락은 중단발 정도의 길이였는데, 항상 같은 길이를 유지하고 다녔다. 옷은 주로 빨간색을 입고 다녔으며, 아주 가끔 눈에 띄지 않으려 검은색 옷을 입고 다닐 때도 있었다. 그녀는 성별과 나이, 직업을 가리지 않고 표적으로 삼았다. 세상에서 잔인한 살인 방법이란 방법은 다 써서 살해했으나, 단 한 번도 경찰에 발각되거나 붙잡힌 적이 없었다.

어쩌다 목격담만 올라오는 그녀를 사람들은 형체가 존재하지 않는 검은 연기라고 비유했다. 그녀는 자신이 검은 연기라고 비유되는 것이 마음에 들지 않았다. 자신의 색깔은 무채색이 아닌 붉은 계열이라고 생각했기 때문이었다. 그녀는 정말 아니꼬워했지만, 그 주동자가 살해당하는 일은 발생하지 않았다. 그렇기에 사람들은 그녀가 주동자를 죽이지 않은 건에 대하여 두려워했다. 사람들이 생각하기엔 그녀는 도저히 종잡을 수 없는 절대 **악**이었고, 그녀를 막을 **선**은 존재하지 않았다. 끝끝내 주동자는 생을 마감했다. 사람들은 입을 모아 그녀가 그를 죽였다고 했지만, 그녀는 그의 털 끝도 손 대지 않았다. 참 아이러니한 상황이었다.

그녀는 누군갈 죽이러 집 밖을 나가기 전 루틴이 있었는데, 정말 사이코적이었다.

　새벽 6시에 일어나 욕조에 달콤한 향기의 입욕제로 목욕을 했다. 그 향기는 누군가가 사랑에라도 빠진 분위기를 자아냈다. 그녀의 이미지와는 매우 이질적인 향기였다. 목욕을 마친 후에는 하트 모양의 체리 사탕을 먹으며 레코드판을 골랐다. 그리고 그 레코드를 플레이어에 올려 바이올린 선율의 음악을 틀었다. 음악은 당장이라도 분위기가 고조되어 사건의 절정이 일어날 것만 같았다. 그리고 그녀는 음악을 듣다 사탕을 바닥에 던져 버리고, 저의 오늘 계획 순서를 차근차근 살폈다. 한때 유학생이던 그녀는 영어를 아주 유창하게 했는데, 그 덕분에 집에는 모두 영어로 도배되어 있었다. 냉장고에는 영어로 적힌 디저트의 레시피가, 레코드판 커버에 있는 곡명조차 다 영어였고, 작업 계획도 모두 영어로 쓰여있었다. 작업 순서를 다 살펴본 뒤에는 냉장고에 붙어있던 레시피대로 디저트를 만들었다. 그리고 오븐에 잘 구운 뒤에 그것을 자신이 먹거나, 독을 주입했다.

　그녀는 항상 무표정으로 행동했는데, 가끔 웃는 날이 있었다. 바로, 그녀의 조모를 만나는 날이었다. 그는 연세가 꽤 있음에도 불구하고, 아주 건강했다. 하지만 그는 존재만 알려졌을 뿐이지 출생 신고도 되어있지 않아 경찰은 꽤나 곤혹을 치러야 했다. 조모는 그녀를 매우 예뻐했는데, 그 이유는 자신의 사이코 같은 성향이 그녀에게 나타나서였다. 그는 그녀가 살인마라는 사실도 묵살한 채 그녀를 예뻐했다. 그녀의 조모는 젊었을 때에는 소위 말하는 '마녀'였다. 그녀의 조모의 나이는 올해 502살이 넘어가고 있었다.

　이 세상에는 **선**이라 불리는 한 형사가 나타났다. 그는 검거한 범죄자가 수없이 많았고, 모두 사람들을 공포에 떨게 해 사회를 혼란스럽게 했던 인물들이었다. 그렇기에 그 형사는 그녀에 대한 수사에 참여하게 되었다. 사람들은 그가 그녀를 검거할 수 있을 거라 기대했다. 그렇게 그가 수사에 참여하면서 사회가 안정이 되는가 싶었지만, 그가 열심히 알아낸 수사 결과는 사람들에게 다시 혼란을 주었다. 그가 알아낸 수사 내용은 이러했다.

그녀가 살해한 인물들의 공통점은 절대 악의 범죄를 저질렀으나 세상 밖으로 나오지 못한 범죄자라는 것.

결국 사람들은 혼란 속에 갇혀버렸다. 이 세상은 **흑**과 **백**으로 나누기엔 너무나 많은 색들이 존재했다. 그리고 이 세상에는 **선**, **악**이라고 할 것은 아무것도 없었다.

흑백논리로 바라보는 세상은 무제였다 fin.

여름 특별 학습, 방구석 학교

홍희연 [여름+학교]

창밖 틈새로 보이는 먹구름이 낀 잿빛의 하늘, 곳곳에서 들려오는 통곡에 나도 모르게 저절로 귀를 틀어막고 싶어졌다. 부정적인 소리는 언제 들어도 듣기 싫었기 때문일까, 아니면 이 상황을 믿지 않고 싶어서일까. 시끄러운 주변에 저절로 얼굴이 일그러졌다.

꽤 시끌벅적한 장례식장, 사람들은 멋들어진 검은 색의 정장을 차려입고 하얀 돈 봉투를 들고 온다. 안에서는 매콤한 육개장 향이 솔솔 피어올랐다. 하지만 아무도 웃고 있지는 않았다. 중간중간 통곡이 들려오는 것이 그들의 감정 표현의 전부였다.

검은 띠로 둘린 영정사진, 그 사진 속의 한 소녀는 대략 10살 남짓으로 보였다. 검은빛의 단발머리에 눈웃음을 크게 지은 소녀의 사진 근처에서 향이 피어오르고 있었다. 그러다 나이가 지긋하신 아주머니께서 헐레벌떡 들어와 영정사진을 보고는 오열을 하며 말했다.

"아이고, 어린 나이에 이렇게 가네…."

움찔, 아주머니의 말에 몸이 파르르 떨렸다. 딱히 슬프지 않다고 생각했는데, 견딜 수 있는 아픔이라 생각했는데, 마음속 깊이 눌러앉은 상처는 좁았고, 생각보다 깊었다. 그런데도 내 눈에선 눈물 한 방울 흘러내리지 않았다. 너무 큰 충격에 내 머리가 어떻게 됐나 싶었지만, 안타깝게도 난 멀쩡했다. 내가 아직 죽음을 받아들이기엔 어린 나이여서 그런 걸까. 아니면 결국 내가 친구의 죽음에도 울 수 없는 이상한 애라서 그런 걸까. 나는 그저 눈물 하나 흘리지 않는 얼굴을 숙이고 우는 척을 할 뿐이었다. 그렇게라도 하지 않으면 어른들은 내 욕을 할 게 뻔했기 때문이었다.

"아이고 안타까워라…."
"..혜은아, 너는 괜찮니? 다인이랑 친했다면서…."

그렇다. 내 친구, 이다인은 죽었다. 물론 어린아이의 죽음이었다지만, 살해당한 것도 아닌 어린아이의 죽음은 이 세상에선 꽤 흔했기에 다인이에 관한 기사는 어디에도 없었다.

그저 과거에도 수많이 반복됐고, 별생각 없이 받아들이던 세상 사람 중 누군가의 죽음이었다.

지금, 이 순간에서도 어디선가는 일어날 누군가의 죽음이었다.

그런데도 다인이의 죽음은 내 마음을 너무나도 아리게 만들었다.

"괜찮아요. 신경 안 쓰셔도 돼요."

그저 형식적으로 몇 번이나 이 대사를 내뱉었다. 물론 괜찮지는 않았다. 눈물이 나진 않았지만, 꽤 가슴이 아파져 오는 죽음이었다.

짙은 향 향기가 코를 찌르고, 다인이의 사진 주변엔 수많은 꽃이 장식되어 있었다. 전부 하얀 국화였다는 것을 한눈에 알 수 있었지만, 전부 하얀 국화라면 진짜 다인이가 죽은 것만 같아서 혹시 다른 꽃들이 섞이진 않았나 풀어져라 쳐다보았다.

물론 전부 하얀 국화였다. 새하얀 국화가 다인이의 사진 옆에 가지런히, 그리고 많이 놓여있었다.

나는 전에 다인이와 맞췄던 우정 팔찌를 바라본다. 디자인 자체는 흔하게 구매할 수 있는 평범한 팔찌였지만, 팔찌 자체는 이제는 돈을 주고도 못 구할 우정 팔찌가 되었다.

"어휴, 혜은이는 어떡해? 저리 어린 나이에 친구를 잃었으니…."

세상은 어린아이에게 늘 무관심했다. 어린이라는 개념 자체가 생긴 지도 100년 좀 넘었다. 그전부터 어린이는 계속 존재해왔음에도 인정받은 건 고작 한 사람이 태어나서 죽기까지보다 좀 더 많은 시간, 그동안 어린이는 보호받지 못하는, 아니 보호받을 수 없는 존재였다.
어차피 보호받지 못하는 것은 익숙했다. 이렇게 이른 나이에 죽음이라는 어른의 것을 접하는 것도 괜찮았다.
하지만, 다인이의 사인하나 밝혀내지 못하는 이 세상이 너무나도 싫었다. 그것만큼은 이해하고 싶지도 않았다.

"근데 그런 것 치고는 꽤 담담해 보이던데…? 아직 어려서 그런 걸까."
"예끼! 이 사람아. 속으로 참고 있는 거지~ 어린 나이에 벌써 철들고 말이야. 하여튼 안타까워."

어른 두 명이 육개장을 한 큰술 떠먹으며 나에 대해 이야기하고 있었다. 글쎄, 나는 슬퍼해야 할 상황에 눈물도 흘리지 않고 있으니 정말 감정이 없는 것일까. 아니면 마음속으로 참고 있는 것일까. 나조차도 모를 만큼 내 감정이 꽁꽁 베일에 싸여 있었다.
나는 그저 영정사진 속 예쁘게 웃고 있는 다인이를 하염없이 바라볼 뿐이었다. 계속 바라보고 있자, 다인이의 어머니께서 옆에 앉으며 자그맣게 읊조렸다.

"참 예쁘지…. 우리 아가. 밝은 아이라서 사진에 다 웃는 얼굴밖에 없더라."

"…"

　나는 아무 말도 하지 않고 조용히 그 말을 들어주었다. 아무렴 친구를 잃은 고통보다야 자식을 잃은 고통이 훨씬 더 클 테니까, 내가 어떤 말을 해도 그녀에게 위로가 되지 않을 것을 알고 있었다.

　그저 화목했던 가정을 파탄 낸 이 세상이 밉기만 할 뿐이었다.

"마법처럼, 다인이가 다시 돌아오는 일은 없겠죠…?"

　소설이나 만화에서는 흔히 일어나는 부활이, 현실에서는 죽어도 없다는 것을 알면서도, 부활을 원했다. 난 죽음을 받아들이기엔 너무 어렸고, 내 친구가 죽었다는 사실보다 다시 돌아와 줄 것이라는 망상이 더 현실성이 있는 것처럼 보였다. 내가 읽었던 책에선 주인공들이 항상 죽음은 아무렇지 않게 이겨냈으니까, 이런 허무한 엔딩보단 해피엔딩이 소설 속에선 더 많았으니까, 현실도 그럴 줄 알았다.

"..있으면 좋겠구나."

　다소 쓸쓸한 아주머니의 말과 함께 나는 아무 말도 할 수 없었다. 장례는 여느 때와 마찬가지로, 똑같이 끝이 났고 다인이의 유골함을 나무 밑에 묻어주었다. 죽은 아이, 이제는 돌아오지 못한다. 세상은 너무 잔혹했다. 끝은 끝이고, 끝에서 다시 무언가가 이어질 수 없었다.

　그게 내 친구, 이 다인의 죽음으로 얻은 생각이었다.

'죽은 자는 살아 돌아올 수 없다.'

　그것은 이 세상이 아무리 변화해도 바뀔 수 없는 사실이다.

　훗날 죽은 사람을 살릴 수 있는 기술이 완성될 수도 있다는 희망은, 이미 버린 지 오래였다.

부활은 우리들의 허구 속에만 존재하는 것이다.

당연히 그럴 줄 알았다.
당연히 내 생각은 맞는 줄 알았다.
그날, 이다인이 돌아오기 전까지는 말이다.

7년 후, 내가 17살이 됐을 때, 이다인은 10살 그대로 모습으로 내게 돌아왔다.

어느 쨍쨍한 여름날, 띵동하며 울리는 초인종 소리에 목도 늘어나고, 후줄근한 반소매 티와 검은 반바지를 입고 빠르게 나갔다. 안 그래도 더워서 집 밖으로 나가고 싶지도 않은데, 대체 누가 혼자 잘 사는 사람 집 초인종을 누르는 건지, 짜증이 머리끝까지 난 그녀가 부스스한 머리로 문을 열자, 거기에는 한 꼬마가 서 있었다.

빨간 멜빵 원피스, 검은색의 단발머리, 짙은 고동빛의 눈으로 울망울망 날 바라보는 눈빛이 무언가 익숙했다.

그래서 무의식적으로 입에서 말이 튀어 나갔다.

"너, 이다인이야?"

그러자 그 소녀는 나를 향해 해맑게 웃기만 하였다. 무언가의 괴리감, 그 괴리감에 온몸에 소름이 끼쳤다.

처음에는 부정했다. 죽은 자가 살아 돌아올 리 없었다. 그것도 7년이나 지난 지금 돌아올 리 없었다. 하지만 여름 햇빛 아래에 서서 해맑게 웃는 소녀의 모습은, 내 기억 속 남아있는 이다인과 너무나도 똑같았고, 내가 시선을 아래쪽으로 향하였을 때, 나는 눈물을 멈추려고 입술을 꽉 깨물었다. 왜냐하면 소녀의 팔에는 우정 팔찌가 꼭 껴있었기 때문이었다.

이러면 이다인이 아니라고 부정할 수도 없잖아. 그렇게 참았음에도 눈에는 눈물이 고여갔다.

"내 이름은 어떻게 알았어요. 언니?"

다인이가 날 알아보지 못하고 언니라 부르며 내게 좀 더 가까이 다가왔다. 나는 아무것도 모르는 다인이를 지켜주기 위해 최대한 고개를 올려 눈물을 흘리지 않게 하고는 그저 다인이를 토닥여주었다.

후에 좀 더 시간이 지나고 자초지종을 물어보니, 며칠 전 풀숲에서 깨어났고, 집으로 돌아가려 하니 집에는 이미 다른 가족이 살고 있었고, 가족은 찾을 수도 없어서 부모님이 살았던 이 동네 거리를 다 둘러보며 가족을 찾고 있었다고 한다.

그러다 우리 집에도 초인종을 누르게 된 것이다.

"근데 언니 내가 아는 애랑 엄청나게 닮았다. 혜은이라고, 걔도 언니랑 엄청 비슷한 애 거든요."

마음이 복잡해졌다. 7년이라는 세월이 지나며 다인이가 눈을 감고 있을 시기, 그동안 얼마나 많은 비극이 일어났는지 다인이는 알 길이 없었다. 게다가 7년이라는 세월이 지나도 다인이는 10살 안에서 살고 있었는데, 나는 성장하였으니 이제 애가 아니었다.

나는 전에 어른들이 했던 것처럼, 진실은 잠시 묻어두고 거짓을 말하는 것을 택해야 할까. 아니면 다인이에게 모든 사실을 알려줘야 할까. 한참을 고민하였다.

진실을 알리는 것은 늘 고민된다. 이 비극적인 진실은 결국 다인이에게 상처만 주고 끝날지도 모른다. 그렇다고 묻는다고 완벽하게 묻어질 진실도 아니기 때문에, 혹시 다인이가 몰래 알아내기라도 하면 정말 큰 일이었다.

"혜은이? 그게 누군데, 네 친구야?"
"네! 완전 친해요! 그러고 보니 지금은 어떻게 살고 있으려나."

결국 나는 예전 어른들이 했던 짓을 그대로 답습하고 있었다. 이 웃음을 해치기엔 나는 너무 겁이 많았다.

언젠가 때가 되면, 좀 더 자라면 그때 알려주자며 진실을 애써 덮기 바빴다. 내 존재조차 부정한 채 말이다.

그저 나는 다인이가 웃는 것으로 만족하기로 하였다.

"그래서 언니는 저희 부모님 봤어요? 제 이름도 알고 있었잖아요."

그 말에 순간적으로 멍해졌다.

그러고 보니, 다인이는 이제 돌아갈 곳이 없었다.

다인이가 죽은 후, 다인이의 오빠마저 병으로 세상을 떠나게 되었고, 다인이네 가족은 그렇게 오랫동안 살던 이 동네를 떠나게 되었다. 언뜻 듣기로는 해외로 나가서 살고는 있다고 들었다.

그런 다인이가 다시 살아났다니, 솔직히 아직 믿기진 않지만, 이 아이를 어떻게 할지 정말 고민이었다.

"음…. 알아. 근데 좀 멀리 계셔. 부모님이 금방 돌아오신다는데, 그때까지만 우리 집에 있어."

어차피 자취하는 집이니까, 별 상관없다고 생각했다.

다인이는 내가 그렇게 말하자 똘망똘망해진 눈으로 날 바라보며 고맙다고 연신 말하였다. 옛날부터 예의 하나는 바른 아이였다.

그리고 다시 살아났으니, 사회를 살아가려면 역시 다인이를 가르쳐 줘야 할 것 같았다.

그렇게 나와 다인이의 땡볕을 피한 집에서 하는 여름 특별 학습, 이름하여 '방구석 학교'를 시작하기로 하였다.

다음날, 여름 특별 학습이 시작되고, 나는 다인이에게 수학, 영어 같은 과목부터 가르치지 않고, 세상을 살아가려면 꼭 필요한 정보들부터 가르쳐주었다. 10살짜리 아이에게는 조금 복잡한 이야기였을 텐데, 다인이는 아무 말도 하지 않고 나의 수업을 잘 들었다.

그러고 보니, 다인이는 참 똑똑했다. 그에 반해 어렸을 때의 나는 구구단도 제대로 외우지 못했던 아이였다. 그렇기에 똑똑한 다인이에게 자주 가르침을 받았었다. 근데 이제는 처지가 바뀌었다. 물론, 이건 내가 잘나서가 아니라, 그저 다인이가 눈을 감고 있을 때 나는 계속 학교에 다녔기 때문이긴 하지만 말이다.

"언니, 부모님이 금방 도착한다고 하셨잖아요. 근데 언제쯤 도착하는 거예요?"

그 말에 나는 아무 말도 할 수 없었다. 그건 나도 알 수 없는 일이었다.

처음 그 말을 했을 당시, 나는 다인이가 자는 틈을 타서 예전에 저장해둔 다인이의 부모님 번호로 전화를 하려고 했다.

하지만 전화를 받을 확률은 극히 낮았으며, 전화를 받는다고 해도 이 소식을 어떻게 전해야 할지 의문이었다.

다인이가 부활했어요? 미쳤냐는 소리나 안 들으면 다행일 정도이다. 그래서 고민에 결국 전화는 할 수 없었다. 전화하기엔 다인이가 죽은 후, 우리들의 세상은 너무 심각하게 무너져버렸다.

"..어제 전화했는데, 조금 늦게 오신대. 가을날, 단풍이 만개하는 날 갈 테니, 그때 같이 단풍놀이를 하자고 하셨어."
"우와, 단풍놀이요? 단풍놀이 재밌겠어요. 저 단풍놀이 엄청나게 좋아하는데!"

최대한 시간을 벌기 위해, 예전에 다인이가 좋아한다고 했던 단풍놀이를 언급하였다.

그러고 보니 다인이네 가족은 매년 단풍놀이를 갔었더라지. 너무 낡아버린 추억이긴 하지만, 다인이에겐 아직도 생생한 추억일 테니 당연히 단풍놀이를 좋아할 수밖에 없다. 나는 가을까지 어떻게든 다인이네 부모님에게 전화해야만 했다.

또다시 느껴지는 씁쓸함에 서둘러 대화 주제를 전환하고 수업을 진행하였다. 다인이가 없던 그 지난 7년간의 세상은 생각만 해도 고통스러웠으니까 말이다.

그렇게 첫 수업은 끝이 났다. 작은 창밖에 햇볕이 내리쬐어오자, 방은 불을 켜지 않았는데도 밝아졌다. 원래 이 방은 햇빛이 잘 안 들어오는데, 다인이를 다시 만나니 집에는 조금이나마 활기가 불어진 것 같았다. 수업이 끝났는데도 해는 아직 중천에 떠 있었다. 예전에 학교가 끝나던 시간에 맞춰서 끝낸 것임에도 불구하고 말이다. 나는 집 냉동실에 내버려 두고 있었던 차가운 아이스크림 두 개를 꺼내왔다.

수업이 끝나고 내 휴대전화를 이리저리 가지고 놀며 신기해하던 다인이에게 아이스크림을 하나 건네주었다.

"오늘 수업 괜찮았지? 앞으로도 이렇게 할 거야. 물론 수학 같은 과목도 할 수 있지만 말이야."
"수학이요? 괜찮아요. 저 수학 좋아해요."
"그래? 그럼 다행이네. 잘해보자."

그렇게 말하며 우리 둘 다 아이스크림을 한 입 베어 물었다. 차갑게 입을 식히면서도 달콤한 설탕 맛이 느껴졌다. 익숙한 맛이었지만 분위기 탓인지 그날따라 더 맛있게 느껴졌다. 아이스크림을 다 먹고 나는 선풍기를 가져와서 더위를 식혔다. 다인이도 내 앞에 앉아서 선풍기 바람에 맞춰 입을 벌리고 '아~'하는 소리를 내었다. 그러자 다인이의 목소리는 덜덜 떨리면서 귀에 들려지게 되었다. 어렸을 때 내가 했던 짓과 똑같아 나도 모르게 푸핫, 하며 웃는 소리를 내었다. 다인이와 함께 있으니 왠지 추억이 새록새록 돋는 느낌이었다.

"이런 거 좋아하시나 봐요?"

"응? 아, 아니 좋아하지는 않고, 어렸을 때 나도 그랬어."

다인이는 나를 잠깐 바라보다가 픽, 미소 짓고는 다시 선풍기를 바라보았다.

여름날, 나는 그 하루 동안 다인이와 함께 행복하게 지냈다. 과거 초등학생 때, 여름방학만 되면 다인이가 자주 우리 집에 놀러 와서 같이 놀았던 추억이 자꾸 머릿속을 맴돌았다. 그때도 아이스크림을 먹고, 선풍기로 장난을 치곤 했었다. 그렇기에 다인이가 없는 여름방학, 그때 나는 너무나도 힘들었던 것 같았다.

이제 다시 다인이가 돌아오니 조금은 살만했다. 역시, 아직 나는 10살의 어린 아이에게서 벗어나지 못한 것 같았다.

수업을 시작한 지 일주일째, 수업 첫날보다 세상은 더 뜨거워졌고, 이제는 가만히 있어도 땀이 나기 시작했다. 나는 다인이에게 영어 단어들을 가르쳐주고 있었다. 쉬운 기초 단어였기 때문에 다인이는 금방 단어들을 외웠다. 그래도 정확하게 외웠는지 확인하고자 다인이에게 영어 단어의 철자를 외워서 써보라는 말과 함께 다인이가 열심히 단어들을 쓰고 있을 무렵, 다인이는 손을 들어서 내게 질문하였다.

"뭔데? 모르는 단어라도 있어?"

"아뇨. 그건 아닌데요. 그냥 이렇게 저 가르치는 거 재밌어요?"

"..아니, 재미있지는 않은데."

"그럼 왜 가르치시는 건데요?"

"이 특별 수업으로 네게 꼭 알려주고 싶은 것이 있거든."

다인이는 알 수 없다는 듯이 날 바라보았다. 하긴 내가 생각해도 조금 난해하게 말하기는 했다. 나는 다인이에게 내가 느낀 교훈을 꼭 알려주고 싶었다. 네가 돌아와서 내가 얻었던 감정을 네게도 보여주고 싶었다. 그게 이 학교의 졸업 조건이었다.

..물론 말은 하지 못했다. 졸업 조건은 아직은 신경 쓰지 않아도 될 이야기였기 때문이었다. 좀 더 시간이 지면 그때 알려주기로 하고 그렇게 미뤄버렸다.

그렇게 수많은 날이 지나고, 한 달이 지났다.

수업은 생각보다 별 탈 없이 지나갔다. 수학도, 영어도 그 어떤 것도 다인이는 모자란 것이 없었다. 학원 하나 다니지 않은 것으로 아는데 엄청난 습득력에 나도 놀랐다.

3학년에서 가르칠 수 있는 것은 정말 많이 가르쳐 주었다. 진도가 조금 빨랐음에도 묵묵히 잘 듣는 다인이가 그저 대견할 뿐이었다.

이런 애와 친구였다니, 친구 하나는 잘 사귄 것 같아서 팬스레 기분이 좋아졌다.

그러던 어느 날, 내가 잠깐 자리를 비운 사이였다. 그날은 다인이의 생일날이었지만 나는 생활고에 시달릴 직전까지 가게 되었다.

있던 돈이 떨어져 가는 상황에서 나는 아르바이트를 하기로 하였고, 그렇게 면접을 위해 잠시 자리를 비웠을 무렵,

다인이는 처음으로 집에 혼자 남게 되었다. 비록 10살이긴 했지만 누가 찾아올 일도 없는 구석에 있는 집이었고, 대낮인데다 얼마 걸리지도 않기 때문에 아무 생각 없이 나간 것이 문제였다.

"나 왔어. 별일 없었지? 오늘 완전 덥더라."

머리를 쓸어넘기며 집에 들어오자, 다인이는 무언가를 들고 멍하니 서 있었다.

나는 뭔 일인가 싶어서 서둘러 다인이에게 달려갔다. 앞에서 다인이를 보자 눈은 초점도 제대로 맞춰지지 않은 채, 흐릿한 눈으로 사진만을 바라보고 있었다.

다인이의 아래에는 오래된 수많은 앨범과 다인이네 부모님께서 내게 보

내주셨던 편지가 있었다. 순간적으로 느껴지는 불안함에 다인이의 어깨를 잡고 흔들며 급하게 물었다.

"ㅁ, 무슨 일인데 다인아?"
"..언니, 언니가 왜 이걸 가지고 있어요?"

다인이가 보여준 사진에는 어린 시절의 나와 다인이가 사이좋게 찍힌 사진이 있었다. 겨울날 눈사람을 만들고 뿌듯해서 다인이네 어머니께서 찍어주신 사진이었다. 다인이는 싸늘한 눈빛으로 날 바라보았다. 이런 눈빛은 또 처음이라 어떻게 대답해야 할지 난감했다. 지금이라도 모든 사실을 알려줘야 할까. 그러다 다인이가 상처라도 받는다면, 이 이야기는 어린 아이에게 들려주기엔 너무나도 끔찍한 이야기였다. 그렇다고 거짓을 들려주면, 무조건 꼬리 잡힐 것이 뻔했다.

그 짧은 시간 동안 내 뇌엔 오만가지 생각이 스쳐 지나갔다. 인제 와서 발뺌하기엔 다인이는 너무 많은 것을 알아버렸다.
역시 평화는 길지 않았다. 한 달이면 꽤 오래 버틴 편이었다. 그동안 집에 있는 것들을 전부 치우지 못했다.
어쩔 수 없지만, 이제는 설명해줄 때도 됐다. 언제까지고 전 어른들처럼 진실을 가릴 수는 없다. 나는 마음을 가다듬고 다인이에게 알려줘야 할 사실들을 머릿속에 정리하였다.

"ㅇ, 이 편지는 뭔데요? 왜 저희 어머니께서 혜은이한테 보낸 편지가 언니한테 있어요? 이 편지 내용은 뭔데요? 말해줘요. 제발, 제가 죽은 거예요?"

다인이는 흥분하여 언성을 높이며 말했다. 울먹이는 목소리와 함께 눈시울이 빨개져서는 사진들과 편지를 내밀며 내게 빨리 해명하라는 듯한 자세를 취하고 있었다. 그 사진과 편지에서는 지금의 다인이가 충격받을 만한 내용이 너무나도 많았다.

　그래도 버리기엔 다시는 얻을 수 없는 사진이었기 때문에 집에 꽁꽁 보관하고 있었는데, 대체 이걸 어디서 찾은 건지 그저 헛웃음만 나왔다. 다인이가 거의 울 듯이 날 붙들어 매자 결국 입을 열고 설명하기 시작하였다.

　"..기다려봐. 천천히 설명해줄게."
　"뭔데요, 말해봐요."
　"..이혜은, 이라는 애 있잖아."
　"네, 걔가 왜요?"
　"...걔, 걔가 나야."
　"...무슨 소리세요?"

　그러고는 천천히 설명해주었다. 지금으로부터 7년 전, 너는 10살이라는 나이에 죽었고, 그 7년간의 공백에서 너희 오빠는 지병으로 세상을 떠났고, 부모님은 현재 해외에 나가계신다, 네가 떠난 후 세상은 잘만 굴러갔지만 나는 널 잃은 후 학교폭력도 당하며 온갖 수모를 겪었다. 그래서 네가 돌아왔을 때 얼마나 기뻤는지 모른다며 수많은 이야기를 털어놓았다.

　그 이야기를 들은 다인이는 충격적이라는 얼굴로 날 멍하니 바라보기만 했다. 당연했다. 자기가 죽었다는 사실을 믿을 수가 없을 것이다.

　"ㄱ, 그럼 언니가 혜은이에요?"
　"언니라니, 이제 안 그래도 돼. 나 진짜 혜은이야."

　다인이는 멍하니 있다가 갑자기 무언가가 퍼뜩 떠오른 듯 고개를 들었다. 그러고는 또다시 울먹거리는 표정으로 나에게 달려들었다. 아무래도 죽었을 때의 기억이 돌아온 것 같았다. 그러고는 날 안으며 혼자 두고 가서 미안하다는 말을 중얼거렸다. 그 말에 나도 순간적으로 울컥하였다. 다인이가 이 세상에서 사라졌을 때, 나는 내가 믿을 수 있는 유일한 친구를 잃었다. 다인이의 부재는 내 인생에 있어서 너무나도 힘든 일이었고, 나는 그렇게 중학교 때 심한 괴롭힘을 당하고 학교에 트라우마가 생겼다.

그렇게 고등학교 재학을 포기하게 되었다. 그런데 다시 다인이가 돌아오니 장례식에선 흐르지 않았던 눈물이 지금에서야 폭포가 쏟아지듯 흘러내렸다.

"그리고 다인아… 생일 축하해. 이제 이 학교는 졸업해도 돼. 난 네게 가르치고 싶은 것은 이제 다 가르쳤거든."

"ㄱ, 그게 무슨 소리야?"

"보면 알아."

나는 그렇게 말하며 집 밖으로 나왔다. 다인이가 당황하며 닫힌 집 문을 바라보았다.

얼마 안 가 집 문은 다시 열리게 되었고, 거기엔 내가 아닌 다인이의 부모님이 서 있었다.

다인이의 부모님은 두꺼운 화장과 고풍스러운 옷을 입고 집 문을 열었고, 거기서 다인이를 마주하게 되었다.

문을 닫았음에도 그들의 감격스러운 재회가 얼마나 서글프면서도 기쁜지 느껴졌다.

그렇게 여름 특별 학습은 다인이에게 줄 수 있는 최고의 선물과 내가 수업하면서 가르치고 싶었던 것인 '세상에 기적은 있다.'라는 말과 함께 끝이 나게 되었다.

악인이라는 족쇄

洪희연 [흑백논리]

[흑백논리, 세상을 전부 2가지로 구분하는 사고방식.

 우리는 과연 얼마나 하얗고, 얼마나 검은가.

 생각보다 많은 사람이 이 흑백논리로 세상을 판가름하고, 인간을 판단한다.

 그 사람의 내면을 보지 못한 채, 자신이 본 일부만을 가지고 우리는 사람에게 쉽게 상처를 주고, 쉽게 편견을 가진다.

 우리는 그렇게 얼마나 많은 사람에게 상처를 남겼고, 얼마나 많은 사람을 죽였는가.

 선한 사람은 영원히 선한 사람이고, 악한 사람은 영원히 악한 사람이다.

 우리는 끊임없이 변화하는 종족이라는 점만 생각해도 쉽게 깨질 논리에, 많은 사람이 속아 넘어간다.

 그렇게 잘못 기록된 역사가 몇 개인가. 그렇게 잘못 작성된 책만 몇 개인가.

 그러나, 우리가 이 글을 읽고도 변하지 않는다면 앞으로도 이런 잘못된 생각들로 우리는 또 그렇게 끊임없이 갈등하고, 그렇게 같은 실수를 몇 번씩이나 반복해나갈 것이다.

당신이 흑백논리의 피해자가 되고 싶지 않다면, 우리는 분명 변화해야
할 것이다.

그것이 인간이 선악이라는 개념을 가졌을 때부터 짊어지고 가야 했던 거
대한 숙제이다.]

"...이 다음엔 어떤 내용을 적지?"

노란빛을 내는 금발의 남성이 깃펜을 잡고 한참을 고민하고 있다. 종이
에 어떤 글을 적는 듯했다. 여러 장인 것을 보니, 책을 쓰는 중인 것 같
다. 종이를 빤히 쳐다보는 눈은 푸른 바다를 한 움큼 담은 듯 반짝이는
푸른 빛을 내었다. 그는 그렇게 한참을 책을 써 내려갔다. 작은 나무집에
서 조용히 책만 쓰고 있는 이 남자가 오늘의 주인공, 리베르다 아노델리
아[Liberted Anodelia]이다.

리베르다는 어떤 책의 페이지 몇 장을 다 쓴 다음 기뻐하며 살짝 미소
지었다. 글을 다 쓴 다음은 그의 미소를 볼 수 있는 극히 적은 기회 중
하나였다. 그렇게 기분 좋게 다른 책의 페이지를 쓰려고 한동안 정리되지
않은 방 어딘가에 꽂아둔 종이들을 찾았다. 집에 난방 기구 하나 없어서
추위가 옷 속까지 스며들 정도로 차가운 방 안, 그는 붉어진 손끝을 보고
는, 얼어버린 손을 입김을 후 불어서 추위를 달랬다.

리베르다는 방 안에 있는 오래된 나무 책장 속, 꽂혀 있던 종이 몇 페이
지를 꺼낸다. 안에 있는 종이에는 대충 휘갈겨져 있는 다른 지역의 언어
들이 보였다.

과거, 리베르다가 살던 나라에서 쓰던 언어였다. 그는 쓸쓸한 미소를 삼
키며 종이들을 보며 작게 중얼거렸다.

"이제 이것도 다시 써야겠네…. 언어도 그렇고, 내용도 이상하잖아."

그가 인상을 찌푸리며 다시 의자에 털썩 앉았다. 종이에 적혀있던 내용

은 그가 적다 말았던 신화에 관한 이야기였다. 이 세상엔 지금 종교가 단 하나뿐이다. 바로 인간들 앞에 진짜로 신이 나타났기 때문이다. 이름 하여 루넬[Lunel]이라는 유일신이었다. 제대로 모습조차 드러내지 않는 신들도 믿었던 인간들이, 진짜 실존하는 신을 믿지 않을 리가 없었다.

그렇게 생겨난 유일신 루넬, 루넬을 믿지 않는 사람들은 사회에서 도태 되었고, 욕을 먹었다.

그렇게 생겨난 ' 악 ' 절대 악으로 칭해진 이들은 무슨 짓을 해도 악에 서 벗어날 수 없었다. 순간 자신의 과거가 떠오른 리베르다가 미간을 짚 었다. 머리가 약간 어지러운 듯했다.

그는 다시 딴 길로 새어 나갈 것 같은 정신을 부여잡고, 책을 다시 작성 하기 시작했다.

책의 내용은 그가 이 나라에 정착하게 되면서 반강제로 쓰던 책이었다. 대충대충 휘갈겨져 있는 글자들이 그 증거이다. 물론 책장에서 나온 그 종이들은 대충 어떤 식으로 내용을 정리할지 고민하던 흔적에 불과했다. 정식으로 썼다면 분명 이것보단 잘 썼을 테고, 언어도 지금 쓰는 언어로 썼을 것이다,

"..그땐 내 의지가 아니었다 해도, 지금 이걸 완성 시키는 건 내 의지 야."

그가 그렇게 다짐하며 다시 깃펜을 들었다. 깃 끝 부분에 스며든 검은 잉크를 종이에 새겨넣는다. 한 글자, 한 글자씩 적힌 글자들이 하나의 이 야기를 완성 시킨다. 집중한 듯, 다시 푸른 눈이 반짝인다. 리베르다에게 있어서 지금 시간은 아무에게도 방해받지 않는 가장 완벽한 시간이었다. 어둑어둑한 새벽, 달도 제대로 보이지 않는 시간, 그의 방에서는 종이에 글자를 써 내려가는 소리만이 들렸다.

그래서 이것이 대체 무슨 내용일까. 아직 책의 시작 부분도 제대로 쓰지 않아서 어떤 내용인지는 정확히 알 수 없었다. 아마 조금 더 뒤에는 알 수 있을지도 모른다.

등장부터 책만 쓰는 리베르다, 지루한 평화로움은 생각보다 쉽게 깨졌다. 왜냐하면, 누가 낡은 나무문을 똑똑 두드리는 노크 소리가 들렸기 때문이었다.

누가 이 새벽에 찾아온 건지, 리베르다는 짜증이 나 벌떡 일어나 문까지 큰 발걸음 소리를 내며 뚜벅뚜벅 걸어갔다.

"..이 새벽에 어떤 놈이지? 일부러 방해받기 싫어서 새벽에 책 쓰고 있었는데…."

"쉿, 리베르다. 옆집엔 예민한 아기가 있으니 조금만 조용히 하도록 해."

그의 앞에 나타난 사람은 옅은 회색빛의 부드러운 질감을 가진 로브를 걸친 젊은 여성이었다. 새까만 눈동자와 옅은 갈색 빛의 머리카락을 가졌고, 앵두 같은 입술을 가진 아리따운 여성, 그런 여성이 나타났음에도 리베르다는 짜증이 풀리지 않은 건지, 아니 오히려 짜증이 더 난 건지 계속 얼굴이 일그러져 있었다. 그런 모습을 보고도 그녀는 익숙한 듯 넘기며 리베르다는 허락한 적도 없는데, 집에 발을 들였다. 하지만 리베르다는 아무 말도 하지 않고 한숨을 푹푹 내쉬며 뒤로 물러났다. 그녀는 쉽게 집에 들어오고, 바로 아무 말도 없이 매의 눈으로 방을 살펴보았다. 정리 하나 되지 않은 채, 엉망진창인 방을 보고는 역시 그럴 줄 알았다는 듯 고개를 저었다.

"어휴, 방이 이게 뭐야 리베르다? 내가 방 좀 정리하고 살랬잖아!"

"..빨리 나가기나 해. 나 할 일 많다는 거 알잖아?"

"알지, 알지~ 근데 오늘은 꼭 전해야 할 말이 있어서 그래."

그녀가 콧노래를 부르며 방을 둘러보는 것을 보아, 그녀의 말은 그다지 믿을 만한 것이 아닌 것 같았지만, 리베르다는 그래도 그녀를 믿어보기로 한 듯, 다시 아무 말도 하지 않고, 그녀의 주위를 계속 맴돌았다. 마치 감시하는 듯이 말이다.

그녀는 의심이 많은 리베르다가 귀엽다는 듯이 피식 웃고는 다시 방을 둘러보았다. 그러다 책상 위에 어지럽게 놓여 있는 종이 뭉치들을 발견하고는 투덜대며 종이들을 하나씩 읽어보았다. 척 보니 그가 쓰던 책의 페이지들 같았는데, 그중에는 그녀가 읽을 수 없는 문자로 된 종이가 있었다. 그것을 본 리베르다가 재빨리 종이를 그녀의 손에서 낚아챘다. 그녀는 의아한 눈빛으로 그를 바라보았다. 그녀는 이것에 무언가 비밀이 숨겨져 있다는 것을 눈치채고 그에게 바로 달려들어 이 종이에 관해 물어보았다. 그녀의 검은 눈동자가 유독 더 반짝였다.

결국 그녀를 이기지 못한 그는 한참 동안 말이 없다가 겨우 입을 열었다.

"..예전에 쓰던 거야. 너도 알잖아?"
"아~ 맞다! 예전에 네가 그 루넬에 대해서 신화 작성하기로 했었지?"

그녀가 기억난 듯 박수를 한번 '탁' 쳤다. 리베르다는 그 말이 맞는다는 듯 고개를 끄덕였지만, 살짝 기분이 안 좋은 듯했다. 어쩌면 당연한 얘기였다. 리베르다가 이 마을에서 신을 가장 싫어할 인물이었다. 신을 싫어하는 인물이었고, 싫어할 수밖에 없는 과거를 가진 인물이었다.

리베르다가 자신이 쓰던 책처럼, 신에 의한 흑백논리의 피해자였다.

신을 믿지 않았다는 이유로 그는 절대악으로 판정이 나버렸다. 마을에서도 악인 취급받으며 인간 취급도 받지 못했던 인물이었다.

벌써 몇 년이나 지난 이야기지만, 그는 여전히 마을 사람들에게 똑같은 취급을 받으면서 지낸다. 그를 유일하게 인간으로 취급해주는 인간은 이 집에 찾아온 이 여자가 유일했다.

생각해보면 이 여자, 진짜 이상했다. 이 마을에 오고, 남들이 다 리베르다를 피할 때 유일하게 손을 내밀어 준 사람이었다. 그런 사람을 리베르다는 계속 거부하고 있다는 사실도 이상했다. 부담스러워서 그렇다기엔 진짜 싫어하는 느낌이었다.

"..예전엔 결국 포기했지만, 지금은 쓸 거야. 지금 신화들은 다 거짓들뿐이니까."

리베르다는 그렇게 말하며 종이들을 꼭 끌어안고는 책상에 다시 고이 올려놓았다.

루넬이 등장한 이후, 사람들은 신에게 축복받는 이 삶을 후손들에게도 널리 알리고 싶었다. 그래서 사람들은 루넬의 이야기를 저마다 다른 방식으로 신화로 써내었다. 하지만 루넬을 믿는 종교의 대표들은 그렇게 써진 수많은 신화를 전부 받아들이지 않았다.

그들의 주장은 대충 이러했다. '루넬과 교류한 인간들은 대충 표현했고, 오직 루넬만을 띄워 주는 신화는 필요하지 않다.'라는 주장이었다.

아마 리베르다가 과거 그만두었던 신화를 쓰려는 이유도, 객관적인 신화를 만들기 위함일 것이다. 그녀는 아무 말 없이 리베르다의 어깨에 손을 올려 등을 토닥여주었다.

제대로 닫히지 않은 창문 틈새에서 새벽공기가 방으로 스며든다. 그녀는 그의 푸른 눈을 바라보며 말했다.

"넌 역시 이상한 놈이야. 리베르다…."
"...멜리아[Melia], 네가 할 말은 아니네."

멜리아, 리베르다가 그녀의 이름을 부르며 피식 웃었다.

남들이 보기에 그들은 아주 오래된 단짝 친구처럼 보였지만, 그들의 관계는 그런 단어로 정의할 수 없는 복잡하게 얽힌 관계였다. 우리는 그들의 관계 속에서 얽힌 복잡한 사연들을 알 수 없었다. 멜리아의 까만 눈속에서 리베르다의 모습이 비쳐왔다.

그 뒤로 그들은 길게 잡담을 떨었다. 리베르다가 멜리아를 밀쳐내려는 듯 나가라고 말했지만, 그 말을 끝으로 그는 그냥 멜리아의 이야기를 가만히 들어주었다. 멜리아는 수많은 이야기를 했다. 밖을 잘 나오지 않는 리베르다에게 늘 이 집 밖에서 일어나는 소소한 사건들을 재미있게 풀어서 알려주었다. 어제 낮, 앞집에 사는 아주머니께서 옆집에서 일어나는 소음 때문에 엄청 골치 아파해서 자신한테 한 시간 동안 한탄을 했다는 둥, 리베르다는 전혀 관심 없을 법한 이야기들뿐이었다.

"멜리아, 너 분명 내게 꼭 해야 할 이야기가 있다고 하지 않았나?"
"아 맞다. 그랬었지?"

결국 참지 못한 리베르다가 멜리아를 노려보았다. 그제야 멜리아는 기억이 난 듯했다. 리베르다가 멜리아를 안 돌려보내고 계속 이야기를 듣던 이유 중 하나였다. 그러나 멜리아는 그것도 계획 일부라는 듯한 여유 넘치는 미소만 보여주었다. 뭐 멜리아는 항상 미소 짓는 모습밖에 보여주지 않았기 때문에 멜리아가 대체 어떤 생각을 하는지도 제대로 알 수 없었다.
멜리아가 리베르다와 한 뼘 더 가까이 앉았다. 대체 뭘 하려는 건지 모르는 리베르다는 의아한 표정으로 멜리아를 바라보았다. 그러자 멜리아는 리베르다에게 혹 다가가 코가 거의 닿을 정도로 가까이 다가갔다. 갑자기 다가온 멜리아를 보며 리베르다는 당황함에 멜리아의 눈을 피했다. 그러자 멜리아는 한 손으로 리베르다의 고개를 억지로 돌려서 작게 속삭였다.

"..리베르다."
"어? 어….."
"왔어…. 그 자식이 왔다고."
"그… 자식?"
"루넬이 항상 이 나라를 순찰 비스무리 한 거 하잖아?"
"..이번엔 우리 마을이구나."

멜리아가 고개를 끄덕였다. 앞으로 두 달 후, 이 마을에 루넬이 찾아온다. 다신 그 보기도 싫은 얼굴이 리베르다를 다시 마주할 것이다. 리베르다가 혼잣말을 작게 읊조렸다. 분명 욕설 섞인 말이었다. 이미 몇 년 전

61

일이라지만 그때의 리베르다는 모든 것을 잃어야만 했다. 신에게 당연히 원한이 생길 수밖에 없었던 상황이었다. 리베르다의 얼굴이 일그러지며 울상을 지었다. 푸른색의 눈에서 당장이라도 어린아이처럼 구슬 같은 눈물을 뚝뚝 흘릴 것 같았지만. 그는 애써 헛웃음을 자아내며 눈물을 억지로 참아내었다. 멜리아도 붉은 입술을 까드득 세게 물었다. 자기도 이런 말을 리베르다에게 전해주는 것이 싫었을 것이다. 이렇게 힘들어하는 모습도 보기 싫었을 것이다. 이빨로 으깨듯 문 입술에선 자신의 입술색보다 진한 붉은 피가 조금 흐르고 있었다.

대체 이 세상은 언제쯤 망했을까, 언제부터 우리는 평등을 버리고 계급을 택하였으며, 언제부터 인간이 아닌 신을 중심으로 하여 살아갔던 것일까. 그 이유는 한낱 인간인 우리가 알 수 있는 것이 아니었다. 그것은 리베르다도 마찬가지여야 했다. 아직 무언가의 깨달음을 얻기엔 당시 리베르다는 고작 10살이었다. 그런데도 그는 자신이 가진 모든 것을 잃고, 깨달음 하나를 얻어버리고야 말았다. 그가 모든 걸 잃어야만 했던 나이, 그가 이 세상의 잔혹함을 받아들이기엔 너무나도 순수하고 어린 나이였다.

그가 살던 나라는 대제국의 옆에 조그마하게 위치한 작은 공화국이었다. 그는 작은 나라에서, 겨울 중반 즈음, 중산층 가족의 장남으로 축복받으며 태어났다.
그의 나라는 특이한 종교를 믿고 있었다. 그의 나라가 아니라면 아무도 믿지 않았던 토속 신앙이었다. 그렇지만 그 나라에선 믿음이 정말 강했던 신이었고, 리베르다가 당연히 그 신을 믿을 수밖에 없었다.

리베르다는 그의 세례명이었다. 그 토속 신앙에서 본명은 본인도 모르게, 오직 부모님만 알게 해야 했던 것이었다. 따라서 현재, 리베르다는 자신의 본명을 제대로 모른다.
그들은 작은 나라에서, 가난한 삶을 보내왔지만 언제나 웃음을 잃지 않았다. 오죽하면 먼 나라에서 온 이방인들이 ' 그들은 항상 웃는다. ' 라고 말했을까.

그런 사람들의 눈물은 죽었다 깨어나도 깰 수 없을 줄 알았다. 가난보다 더한 불행이 있을 줄 리베르다는 꿈에도 몰랐다.

리베르다의 9번째 생일이 다가오고 있을 무렵의 이른 아침, 밖에서 사람들이 모여 수군대는 소리가 들렸다. 가끔 재미난 이야기들을 나누는 것은 알고는 있었지만, 이렇게 시끄럽게, 그리고 오래 대화하는 경우는 처음 보았다. 순수했던 리베르다는 마을 사람들이 자신의 생일을 준비하고 있는 것은 아닐까 재밌는 상상을 하기도 했다.

자신의 상상이 맞는가 싶었던 리베르다는 간단하게 준비를 조금 하고 대화의 중심으로 빠르게 달려갔다. 새하얀 눈이 소복하게 쌓인 거리에서, 두꺼운 옷을 겹겹이 입은 어른들이 너도나도 할 것 없이 여러 이야기를 나누고 있었다.

"그거 들었어요? 아르넬 제국에서 우리나라를 침략한대요."

"어휴, 어쩐대요? 요즘 아르넬 제국이 진짜 신과 교류한다면서 옆 나라 왕국하고도 싸워서 이겼다던데 저희가 어찌 이긴답니까?"

"세상이 말세지 말세야! 신을 만났긴 개뿔, 이상한 헛소문이나 퍼트려서 사람들 덜덜 떨게 하려는 거지 원!"

수많은 이야기가 오고 갔지만, 10살짜리 어린 리베르다가 알아들을 수 있는 내용은 극히 적었다. 생일 같은 가벼운 이야기가 아닌 꽤 진지한 이야기에 리베르다는 다시 집으로 돌아가려고 했다. 어른들의 사정이니까, 자신은 몰라도 된다는 마음가짐과 지금은 부모님이 집에 계시지 않으니, 나중에 심각한 일이면 부모님이 알려주시겠지, 라는 안일한 생각으로 말이다.

그런 그를 붙잡았던 것은, 어떤 아주머니가 별생각 없이 내뱉은 한 문장이었다.

"그, 저기 아노델리아 부부 있잖아요. 그 사람들 지금 어디 갔어요?"

"엥? 갑자기 그 사람들은 왜?"

"오늘 아침부터 안 보여서요. 말없이 사라질 분들도 아닌데, 지금 좀 위험한 상황이잖아요?"

리베르다는 마른침을 꿀꺽 삼키며 근처 골목에 몸을 숨기고, 숨을 죽여 그 이야기를 들었다. 이 마을에 사는 사람은 적었기 때문에 서로서로 친한 분위기였다. 그래서 누군가 어디로 가면 다른 사람들도 아는 경우가 많았다. 어디 일하러 나갔다든가, 누구 만나러 갔다든가 등 조금은 알 법도 한데, 모른다는 이야기가 나왔다는 것은 매우 위험한 상황이었다.

그것은 어린 나이의 리베르다도 충분히 추측할 수 있는 이야기였다. 하지만 리베르다가 할 수 있는 것이라고는, 제발 자신이 상상한 최악의 경우만이 아니길 신에게 비는 수밖에 없었다.

"아~ 거기? 리베르다는 집에서 자는 것 같던데, 부모는 모르겠네?"

"요즘 아르넬 제국 군인들이 국경 근처를 돌아다니던데, 그 군인들한테 걸린 거 아니에요?"

"예끼! 이 사람아, 그런 재수 없는 소리 하지 말아!"

"아까 숲에 무장한 군인들이 돌아다니던데, 혹시 죽으면 어떡해요…."

리베르다의 뺨에서 식은땀이 흘렀다. 뼛속까지 시린 한기가 차는 겨울임에도 그날 따라 더운 것 같았다. 아까까진 그냥 흘려들었던 이야기가 지금은 뇌 속에서 떠나질 않았다. 당장이라도 소리치고 싶었지만 숨어있는 처지인 리베르다는 그럴 수 없었다. 만약에 그 무서운 군인들이 자신의 부모님이 아프게라도 했다면 어쩔까 싶어 속에선 눈물이 치밀어 올랐다. 점차 눈시울이 붉어지고, 눈가가 뜨거워져만 갔다. 호흡은 빨라져만 갔고, 긴장한 나머지 손은 점점 온기를 잃었다. 마치 뜨거운 열기를 내뿜다 점차 식어가는 커피 같았다.

이야기하던 어른들이 이상한 소리에 골목 쪽을 들여다보았고, 리베르다가 거친 숨을 내뱉으며 그들의 말을 부정하는 듯 혼잣말을 내뱉는 것을 목격하고야 말았다.

"어머나! 얘! 여기서 뭐 하는 거야! 일어나!"
"..아주머니, 우리 엄마랑 아빠, 진짜 죽어요?"

리베르다가 눈물을 꾹꾹 참아가며 말한 말에는 한기가 서려 있었다. 어른들은 자신의 말을 리베르다가 다 들었음을 눈치채고, 금빛의 머리카락을 쓰다듬어주며 아니라고 위로해주었다.
그래봤자 리베르다는 하나도 믿지 못했다. 그 무엇하나 믿을 수 없었다. 어린 나이에 부모가 죽을 수도 있다는 말은, 그에게 있어서 경험해본 적 없는 상황이었다. 아니, 경험하면 안 되는 상황이었다. 어른들은 황급히 리베르다 앞에서 기도하며 이렇게 말했다.

"신이 지켜주실 거야. 같이 기도하면 분명히 들어주실 거야. 늘 그러셨잖아."

웃기게도, 리베르다는 신이 이뤄준 기도를 단 한 번도 목격한 적이 없었다. 그런데도 리베르다는 신을 믿었기에, 자신을 배신하지 않으리라 생각했기 때문에 기도했다. 부모님이 그렇게 가르쳐주셨기 때문에, 리베르다는 조용히 눈을 감고 손을 모았다. 그 뒤로 수많은 말이 오갔다. 잠시 일하러 가신 것이라고, 부모님이 조금 바빠서 그런 것이니 괜찮다는 희망 섞인 이야기였다. 리베르다도 믿었다. 설마 그런 불행한 일이 일어날 일이 없다고, 신에게 기도도 드렸는데 설마 그런 일이 일어나겠냐고 희망에 찼다.
그러나 그 희망은 생각보다 쉽게 깨졌다.

쿵쿵거리는 발소리에 리베르다는 그 소리가 나는 곳을 보았고, 그곳에서는 저 멀리서 거친 숨을 내몰아 쉬며 빠르게 뛰어오는 어머니가 보였다.

하얀 옷에는 핏자국들이 보였고, 얼굴에는 푸른빛의 멍이 보였다. 피가 뚝 뚝 흐르는 팔을 붙잡고 맨발로 뛰던 어머니는, 리베르다를 보고 놀라며 그를 끌어안았다.

자신의 어머니가 이런 몰골로 돌아온 것을 보며 리베르다는 놀라 몸이 굳어버렸다. 자초지종을 물어보려고 어머니의 등을 톡톡 두드렸으나, 자신의 어깨가 눈물로 축축하게 젖어가는 것을 보고 리베르다는 손을 내렸다. 말하지 않아도 알 것 같았다. 분명 무슨 일이 있었을 거라고, 그것이 지금 아버지께서 옆에 계시지 않은 것과 관련이 있을 것이라고 저절로 추측되었다.

"미안하다. 이 어미가, 미안해."

슬픔과 죄책감이 섞인 목소리로 말한 그 문장은, 리베르다의 가슴에 비수가 되어 꽂혔다. 마음속에서 피가 흐르는 것만 같았다. 결국, 참지 못하고 흐른 눈물은 그 겨울에도 몸이 필사적으로 지켰던 온기가 응축된 듯 따뜻했다.

후에 자초지종을 들어보니, 숲에 먹기 좋은 버섯이 난다길래 이른 아침부터 아버지와 함께 버섯을 캐러 갔다가, 실수로 국경을 넘어버렸고 아르넬 제국의 군인들에게 발각되어 아버지는 사살되었고, 어머니만 겨우 도망쳐 나온 것이라고 했다. 마지막으로 덧붙인 말은 이제 이 나라는 전쟁으로 망할 것이라는 부정적인 말이었다.

"..집에 가요. 어머니."

리베르다는 애써 미소를 지으며 어머니를 일으켜 세웠다. 아버지의 죽음에 목놓아 울지도 못하고, 자신의 어머니부터 챙겨주는 것을 목격한 어른들은, 그가 너무 일찍 철이 들었다며 리베르다를 안쓰럽게 바라보았다.

추운 겨울, 해가 꺼져버린 하늘은 어두웠고, 집도 어두웠다. 이미 잠을 청한 어머니 옆에서 리베르다는 벽난로 속 불꽃이 일렁이는 걸 멍하니 바라보았다.

벽난로 속 장작이 타들어만 갔다. 크게 일렁이는 불꽃이 꺼질 때까지, 리베르다는 혼자 밤새 울었다. 소리 내지 않고 끅끅 울며, 옷이 눈물로 젖어갔다. 추운 겨울, 그날은 유독 더 마음이 차가워서, 리베르다는 따뜻한 불꽃이 부러웠던 것 같았다. 무슨 일이 있어도 온기를 잃지 않는 불꽃이, 마음에 들었던 것 같다.

그렇게 한 달 하고도 며칠이 지난 다음, 새파랗던 하늘은 핏빛으로 얼룩지며, 이곳저곳에서 폭음이 쏟아졌다. 전쟁이라는 신호탄과 함께 행복했던 나라는 폐허가 되어버리고 말았다.

집 한쪽은 폭격으로 무너졌는데, 그 방은 어머니의 방이었다. 건물 자재와 폭탄의 충격으로 어머니는 집에서 피를 흘린 채 쓰러져 계셨다. 피는 이미 시간이 많이 지체되었다는 듯, 응고되어 있었고, 호흡은 없었으며, 심장도 뛰지 않았다. 죽은 사람의 몸은 이렇게 차가운 것이었나. 며칠 전까지만 해도 자신에게 온기를 나누어주던 어머니는 이제 이 세상에 계시지 않았다. 리베르다는 충격에 소리도 지르지 못했고, 눈물도 흘리지 못했다. 세상이 어지럽게 흔들리고, 숨이 가빠진 것을 제외하면 그는 아무것도 하지 않았다. 아니 할 수 없었다.

"야! 민간인들 어디 있는지 꼼꼼히 뒤져!"

대장처럼 보이는 사람의 외침에 수많은 군인이 집을 뒤지기 시작했다. 그리고 리베르다의 집에도 군인 몇 명이 무장한 채로 들어왔다. 자신의 부모를 죽게 만든 군인들을 본 리베르다는 그들에게 욕이라도 하고 싶었지만 할 수 없었다. 그들은 너무 강했고, 리베르다는 너무 약했다. 그의 모습은 너무나도 초라해 보였다. 피로 얼룩진 손, 새파랬던 눈은 초점도 제대로 잡히지 않았다. 흐릿한 세상에서 무기를 든 군인을 마주한 그는 덜덜 떨며 한 번만 살려달라고 외칠 수밖에 없었다. 자기 부모님을 죽게 만든 군인들을 향해 큰소리 하나 외칠 수 없다는 것만큼 치욕스러운 일이

또 있겠는가.

"..죄송합니다. ㅈ, 제발 한 번만 살려주세요."

말까지 더듬으면서 자존감이고 뭐고 다 내려놓은 한 아이를 보고 군인들은 불쌍하다며 죽이지는 않고 그냥 가버렸다. 리베르다는 군인들이 간 후, 자신이 무슨 일을 한 걸까 후회했다. 죽더라도 그들을 향해 욕해볼걸, 원망이라도 해볼걸, 너무 쉽게 자존감을 내려놓은 자신이 원망스러웠다. 리베르다는 초점 없는 흐릿한 눈으로 창밖을 바라보며 차갑게 식어버린 어머니의 손을 잡았다. 차가웠던 손에 온기가 점점 나누어지자 마치 살아있을 때 어머니의 손처럼 따스함이 느껴지는 듯했다.

며칠 후, 제국은 전쟁에서 손쉽게 승리하였고, 그렇게 리베르다는 피정복자로 아르넬 제국에 포로로 잡혀들어가게 되었다. 군인들의 안내에 따라서 오게 된 곳은 다름 아닌 아르넬 제국 남쪽의 한 영지였다. 원래 살던 아르넬 제국의 국민은 새로 온 포로를 경멸하듯 노려보았다. 사람들의 수군거리는 소리, 그런 더러운 나라에서 온 포로가 전염병이라도 옮기는 것이 아니겠냐는 헛소리와 리베르다를 욕하며 자신의 나라를 치켜세우는 이야기, 그딴 허구일 뿐인 신을 믿으니 저렇게 된다는 욕이 전부였다. 리베르다의 귀에는 다 들렸지만 애써 꾸역꾸역 넘어갔다. 여기서 자신은 가장 최하위 계층임이 분명하니까, 그들의 눈에 나는 '절대 악'이니까 반항하면 죽는다는 생각밖에 안 들었다. 군인들은 리베르다를 그 영지를 관리하는 영주에게 내던졌다. 마치 물건처럼 내던져진 그가 콜록대며 고개를 들자, 그 위에는 자신을 깔아보는 어느 중년의 영주가 있었다.

그 영주는 누가 봐도 비싸 보이는 비단을 겹겹이 두른 채, 은은한 초록빛의 눈으로 온갖 경멸을 내뿜는 눈빛을 보였다. 그가 앉은 의자에는 오색 빛으로 찬란하게 빛나는 보석들이 촘촘하게 박혀있었다. 마치 우아한 귀족 영애의 드레스를 보는 기분이었다.

리베르다가 주변을 둘러보니, 주위에는 수많은 아르넬 제국 귀족이 모두 리베르다를 보고 있었다. 이런 작은 영지에 이렇게 수많은 귀족이 있는 것도 신기했지만, 그 많은 귀족이 자신을 보러온 것에 의아함을 느낀 리베르다는 한참 동안 주위만 둘러보았다.

"고개 돌리지 마라. 너 같은 미천한 것 따위가 함부로 볼 수 있는 분들이 아니다."

그러자 옆을 지키던 군인이 리베르다에 귀에 속삭였다. 그 말에 리베르다는 입술만 잘근잘근 씹다가 고개를 숙였다. 그러자 영주가 의자에서 일어나 리베르다의 앞에 섰다. 그러고는 피식 웃으며 리베르다에게 고개를 더 숙이라며 발로 목을 꾹 눌렀다. 그러자 주위에 있던 귀족들이 푸하하 웃음을 터뜨리며 모두 리베르다를 비웃었다. 영주의 초록빛 눈이 좀 더 반짝거렸다.
그렇게 몇 분 동안 영주는 리베르다에게 온갖 폭언을 해댔다. 더러운 몸에 영주가 닿은 것만으로도 감사하라는 말부터 부모를 욕하고, 조롱하기까지 하였다.
리베르다의 속에서 분노가 치밀어 올랐다. 당장 자기 앞에서 자신과 부모를 조롱하는 저 영주한테가 아니라, 그런 영주한테 아무것도 하지 못하는 자신한테 말이다.

"네 이름이 리베르다라고 했나? 이 대제국 아르넬에 발을 들였으니, 그 허구일 뿐인 신이 아닌 진짜 신에 대해 알아 왔겠지?"

영주는 좋은 생각이 났는지 비열한 웃음을 보이며 종이 뭉텅이들을 리베르다에게 던졌다. 딱히 깨끗하지는 않은 것을 보아 어디 창고에서 방치되던 종이들 같았다. 리베르다는 천천히 고개를 들었다. 충혈된 빨간 눈은 분노에 강하게 젖은 듯 보였다. 군인들은 영주의 말을 듣고는 리베르다의 포박된 손을 풀어주었다. 밧줄로 어찌나 강하게 묶었는지 약한 피부에 벌

젛게 자국이 남았다. 중간중간 빨리빨리 움직이라며 맞은 자국도 보였다.
 영주는 의자에 앉아서 근처에 놓여 있던 보석 하나를 집어 들었다. 언뜻
보기에도 꽤 비싼 듯 보이는 보석을 자랑하듯 리베르다에게 보여주며 영
주는 그에게 명령하였다.

"이 세상의 진짜 신, 루넬에 관한 신화를 적어라. 아르넬의 언어로 말이
다. 그럼 이 보석을 주지. 보석을 받으면 적어도 중산층으로는 살 수 있
을 거야. 물론, 잉크는 너의 피로 말이지."

 영주의 달콤한 유혹, 당장 눈앞엔 자신의 미래를 바꿀 수 있는 보석이
있음에도 언어를 배울 기회도 없이 먼 거리를 걸어서 온 리베르다는 어떤
것도 적을 수 없었다. 언어도 모르는데 아르넬의 신을 어떻게 알 수 있겠
는가. 게다가 무언가를 적을 수 있는 펜도 없었다. 스스로 이빨로 자신의
손을 물어뜯어 피로 써 내려가야만 했다. 물론 그 긴 신화를 피로 다 적
으려면 리베르다는 자신이 가진 모든 피를 다 쓰고도 모자라서 남의 피를
써야만 할 것이다. 못한다. 애초에 할 수 없는 과제를 주고, 리베르다가
아무것도 못 하는 무력감을 즐기고 싶던 것이다. 귀족들은 영주를 응원하
듯 리베르다에게 어서 적으라며 재촉하였다. 언어도 모르고, 아무것도 모
른다. 리베르다는 한참 동안 종이를 바라만 보다가 결국 덜덜 떨며 머리
를 조아리며 죄송하다고 연신 사과를 했다. 애초에 할 수 없는 과제를 주
고는, 귀족들은 못 하겠다는 리베르다에게 온갖 야유를 보냈다. 저런 자식
이 아르넬에 살 수 없다고 소리를 쳐대며 말이다.

"못하겠나?"
"..모, 못 하겠습니다."
"웃기는 놈, 루넬도 모르면서 어떻게 아르넬에 산다고!"

 영주는 들고 있던 지팡이를 내리쳤다. 리베르다가 깜짝 놀라며 영주를
바라보았다. 모두가 깜짝 놀란 리베르다를 바라보며 비웃었다. 영주는 리

베르다의 그 푸른 눈으로 자신을 올려다보는 것이 마음에 안 들었던 것인지, 리베르다의 뺨을 강하게 내리쳤다. 그러고는 씩씩거리며 리베르다에게 귀족을 함부로 올려다보지 말라며 거세게 화를 내었다. 얼떨결에 뺨을 맞은 상황, 리베르다가 맞은 뺨은 벌겋게 부었고, 억울함에 눈에 고인 눈물을 흘리지 않기 위해 간신히 참아냈다.

　이후 리베르다가 얼마나 더 맞았는지는 알 방법이 없다. 군인들이 들이닥쳐서 그를 밟고, 때리고, 상처도 입혔다. 몇 번을 고통에 기절했다가 깨느라 얼마나 많은 시간 동안 맞은 것인지도 몰랐다. 그저 늑골이라도 나간 듯, 갈비뼈가 욱신거렸고, 몸에는 수많은 멍이 나 있었다. 집도 없이 추운 겨울, 밖에서 그렇게 잠을 청해야만 했다.
　그러다 우연히 늦은 새벽, 밖을 돌아다니는 한 소녀가 눈에 보였다. 소녀는 몰래 나온 듯 꽁꽁 싸매고는 그 주위를 한참을 둘러보았다. 어차피 영지에서도 외딴곳에 대체 무슨 볼일이 있는 건지 싶어서, 리베르다는 한참 동안 그 소녀를 멀리서 지켜보기만 하였다.

　"아, 진짜 어디 있지? 빨리 찾아야 할 텐데…."

　소녀는 그렇게 읊조리며 간절하게 무언가를 찾고 있었다. 리베르다는 이 새벽에 소녀가 너무 고생하는 것 같다며 가만히 지켜보았다. 소녀의 모습은 꽤 잘 사는 집안의 아이처럼 보였다. 따뜻해 보이는 털옷을 겹겹이 입고 있었고, 피부로 고생 하나 안 한 듯 깨끗했다. 그러자 리베르다는 으슬으슬한 추위에 그만 재채기가 나와버렸다. 그러자 소녀는 소리를 듣자마자 리베르다 쪽으로 달려왔다. 소녀와 그를 가로막고 있던 푸른 수풀을 거치곤 소녀는 리베르다를 보며 기쁜 듯 밝게 웃으며 말했다.

　"찾았다! 네가 그 리베르다지?"
　"어? ㅇ, 응 맞아."

소녀는 해맑게 웃으며 리베르다에게 다가갔고, 리베르다는 시선을 살짝 피하며 뒤로 물러났다. 그러자 소녀는 또다시 리베르다에게 다가가 허리를 숙이고는 앉아있는 리베르다와 시선을 맞추었다. 그리고는 자신이 입고 있던 털옷 하나를 리베르다에게 둘러주었다.

털옷은 생각보다 따뜻했다. 꽤 비싼 옷으로 보여서 다시 돌려줄까 생각했지만, 그러기엔 바람이 너무 차가워서 돌려주기 힘들었다.

"나는 멜리아야! 이 추운 데서 뭐 하고 있어?"
"응? 아니, 그러는 너는 왜 여기 있어?"
"..널 찾으러 오긴 했는데, 사실 좀 사정이 있어."

그 소녀는 현재의 멜리아였다. 멜리아는 살짝 머뭇거리다가 자신을 소개하였다. 자신은 사실 영주의 딸이라고 소개하면서 말이다.

소녀는 정말 영주의 딸이었다. 이 영지에서 인정받으며 권위도 높은 소녀가 대체 왜 자신을 찾으러 왔나 싶어 어리둥절하던 리베르다는 자신이 무언가를 잘못한 것이라고 확신하며 차가운 바닥에 무릎을 꿇고 멜리아에게 사과했다.

"영주의 따님이 절 찾아오다니, 제가 혹시 잘못한 것이 있을까요? 그렇다면 정말 죄송합니다. 하지만, 하지만! 도저히 신화만큼을 쓸 수가…!"
"ㅁ, 무슨 소리야! 일어나! 다리도 아플 텐데 안 그래도 돼."

멜리아는 당황하며 리베르다를 일으켜주었다. 리베르다의 다리에는 맞아서 생긴 수많은 멍 자국이 있었다. 차마 눈 뜨고 보기 힘들 정도로 안쓰러운 몰골이었다.

멜리아는 다시 리베르다를 편하게 앉혀주고는 그 앞에 앉았다. 리베르다는 피부도 온갖 상처로 뒤덮였고, 이미 빛 따윈 잃어버린 탁한 눈동자로 그저 멜리아를 바라볼 뿐이었다.

멜리아는 천천히 자기 이야기를 시작하였다.

자신은 영주의 딸이 맞지만, 항상 귀족들의 눈치를 보며 같은 사람에게 손찌검을 아무렇지 않게 하는 영주를 좋아하지 않고, 오늘 맞고 있던 리베르다를 보며 미안하다고 사과하고 싶었다고 말했다.

"그게 무슨 소리야? 네가 미안하다고? 왜?"
"미안하지. 이상한 신화 쓰는 거나 시키고, 그래놓고 때렸으니까 말이야."
"네가 사과하지 않아도 돼. 네가 잘못한 건 없잖아."
"..고마워. 아무튼, 앞으로도 그럴 일이 많을 텐데, 내가 도와줄게."

그렇게 리베르다는 아직도 영지에서 악으로 취급받지만, 그래도 잘 살고는 있다.
전과는 다르게 작지만, 집도 있고, 책도 쓰고 있으니까 말이다. 그런데, 리베르다의 인생을 힘들게 한 루넬이 이곳에 온다니, 리베르다에게 있어선 너무나도 끔찍한 일이었다. 소식만 들어도 힘들어하는 리베르다를 위해 멜리아는 그저 아무 말도 없이 토닥여주는 것 말고는 할 수 없었다. 그러다 멜리아는 아이디어 하나가 번뜩 떠올랐는지 리베르다를 붙잡고 말했다.

"그 신화 있잖아. 루넬에게 보여주자."
"그게 무슨 소리야?"
"끔찍한 소리로 들리긴 하겠지만, 네가 쓴 신화라면 루넬에게도 인정받을 수 있을 거야."

리베르다는 여전히 이해되지 않는다는 듯 파란 눈만 깜빡거리며 멜리아를 바라보았다. 가장 끔찍하게 여긴 신에게 인정받아야 할 이유도 없으며, 무엇보다 루넬하고 마주하기도 싫었다. 그가 불안한 듯 입술을 꽉 깨물었다. 루넬을 본능적으로 거부하는 것 같았다. 전쟁의 표면적 이유, 진짜 신인 루넬을 믿지 않는 이들에게 루넬을 알려주기 위함이었다. 리베르다의 입장으로선 당연히 끔찍할 수밖에 없었다.

"..잘 들어 리베르다, 나도 싫어. 걔한테 인정받는 게 좋을 리가 있겠어? 우리가 루넬에게 신화를 바치는 건, 루넬을 위해서가 아니라 널 위해서야."

"뭐? 무슨 소리야?"

"그, 흑백논리에 관해서 책도 쓰고 있다며, 절대 악인 네가 쓴 신화가 인정받는다면, 반응이 얼마나 웃기겠어? 게다가 그들도 너를 무시하지 못할 거야."

"..."

리베르다는 한참을 고민했다. 그는 갈 곳 잃은 푸른 눈동자를 데굴데굴 굴렸다. 신을 위해 신화를 작성하여 바치고, 그 귀족들에게 한 방 먹일 것이냐, 아니면 그냥 이대로 살 것인가. 그렇게 한참을 고민했다.

멜리아는 마지막으로 '결국 너에게 직접 피해를 준 건 그들이야'라고 말하며 집 밖으로 나갔다. 그 말이 리베르다의 마음에 강하게 꽂힌 듯했다. 사실 신은 리베르다에게 크게 영향을 준 것은 아니었으니까 말이다. 신을 위해 전쟁을 한 건 단순히 표면적 이유이니까 말이다. 그래도 루넬은 어렸을 때부터도 진심으로 증오했던 인물이었다.

그는 그렇게 날이 새서 해가 동쪽에서 서서히 떠오를 무렵까지 그렇게 고민했다.

"..어떻게 해야 할까요. 부모님, 제가 그들의 신을 마주해야 할까요?"

부모의 사진도, 그림도 없어서 리베르다는 하늘을 바라보며 말했다. 창밖을 드리운 눈이 시리도록 푸른 하늘은 너무나도 아름다웠다. 물론 대답은 돌아오지 않았다. 하늘은 말을 할 수 있는 입이 없고, 그 하늘에는 전에 믿었던 신 따윈 없었다. 리베르다의 부모님이 돌아가셨을 때부터, 신은 존재하지 않는 것이었다. 아니 존재해선 안 되는 것이었다. 만약 존재한다면 신은 자신의 부모를 버렸다는 이야기가 되었으니까, 그건 리베르다에게 너무나도 큰 상처였다.

리베르다는 결국 스스로 결정했다. 이젠 부모님의 그늘에서 벗어나겠다고 말하며 말이다.

시간은 그렇게 빠르게 흘렀다. 두 달이라는 긴 시간이 지나는 동안, 추위는 점차 사라져가기 시작했고, 밤에 찬 바람이 집을 드나드는 일도 적어졌다. 리베르다는 그동안 집에서 신화와 흑백논리, 책 두 권을 얼마나 열심히 썼는지 모른다. 비록 책을 쓰느라 자신의 몰골이 말도 아니었다. 정돈되지 않은 채 부스스한 금색의 머리카락, 다크써클이 내리 앉은 눈은 두 달 전의 리베르다와 거의 다른 사람이라 해도 될 정도였다.

"안 하고 싶다며 그렇게 난리 치더니, 엄청 열심히 했네."
"이건 루넬을 위해서가 아니라 나를 위해서잖아."

멜리아는 리베르다의 변화된 모습을 보고는 피식 웃으며 '처음부터 그렇게 할 것이지.'라며 작게 읊조렸다. 루넬, 이 제국에서 자타공인 신이라 불리는 존재, 그토록 증오했고, 마주하기도 싫었던 존재와의 첫 만남에 리베르다는 잔뜩 긴장되었다. 숨은 가빠지고, 가슴은 무언가가 꾹 누른 듯 답답해지는 기분이었다.
그저 진정시키는 법이라고는 자신이 쓴 책 두 권을 꽉 끌어안는 것이 전부였다.

신이 오겠다 약속한 시각으로부터 조금 전, 귀족들이 신을 영접하기 위해 모여있는 입구 쪽으로 자리를 옮겼다. 입구는 화려한 생화로 꾸며져 있었고, 수많은 귀족이 신을 본다는 사실에 이성을 잃고 열광하는 모습을 보니 리베르다는 안에서 무언가 치밀어오르는 기분이었다.
마치 이곳에 처음 왔을 때처럼, 수많은 귀족이 무언가를 둘러싸고 있으니 당장이라도 자리를 피하고 싶었다. 몸은 점차 차갑게 굳어가고, 숨은 점차 더 가빠져 온다. 숨이 멎을 것 같이 정신이 하나도 없을 때, 멜리아는 리베르다의 손을 잡고 그를 토닥여주었다.

그동안 한 다짐은, 과거에 너무나도 쉽게 무너져 내려갔다. 당장이라도 자리를 피하고 싶었고, 이곳에서 벗어나고 싶었다. 진정해야 함을 알고 있음에도, 멜리아의 위로도 받고 있음에도 어째선지 몸은 말을 듣지 않았다. 눈시울이 점차 붉어지고, 눈가가 뜨거워졌다.

멍이 났던 몸이 자꾸 욱신거리는 것 같았고, 서 있기도 힘들었다.

그러자 그런 그들을 보며 한 귀족은 외쳤다.

"멜리아님? 그 남자는 대체 누구입니까?"

영주의 딸이라는 말에 눈 깜짝할 사이 모든 귀족이 그곳을 돌아보았다. 아직 영주는 도착하지도 않았는데, 영주의 딸은 여기 있다니, 모든 귀족이 순식간에 그쪽으로 몰려들었다. 멜리아는 그들을 밀어내려고 애썼지만 역부족이었다. 그러다가 한 귀족은 영주의 딸이 어떤 남정네와 같이 있냐며 리베르다가 뒤집어쓴 로브를 확 뒤집었다.

그러자 리베르다가 그 귀족과 눈이 마주쳤고, 곧바로 시선을 피했지만, 금발과 푸른 눈을 지닌 사람은 적어도 아르넬 제국의 남쪽 영지에선 리베르다밖에 없었다.

"뭐야. 이런 자식을 왜 데리고 다니세요?"
"저런 자식과 붙어있지 마십시오. 혹시나 병이라도 옮으면 어떡합니까?"

또다시 시작된 귀족들의 비난과 조롱, 첫날에 남겨졌던 수많은 상처가 온몸을 쿡쿡 찌르는 듯했다. 영주의 딸이 영지에서 가장 따돌림받는 아이와 함께 나타났다니, 엄청난 소식에 귀족들은 너도나도 몰려들어 그녀에게 이것저것 물어보았다.

그렇게 신이 나타날 신성한 곳이 그저 사교계 이슈를 잡아채기 위해 너도나도 달려드는 귀족들의 추악함이 보이는 곳으로 탈바꿈하고 말았다.

그렇게 계속 난장판이 된 그곳에서, 누군가가 멜리아와 리베르다 뒤에 말을 타고 나타났다. 그것도 로브를 뒤집어쓴 채 말이다. 대체 누군가 싶어 모든 귀족이 그 사람을 바라보았다. 그러자 그 사람은 기가 찬다는 듯 웃으며 말에서 내리고는 입을 열었다.

"웃기는군. 너희들의 신은 여기 있는데 대체 어딜 보는 것이냐?"

그녀가 로브를 내리고, 그들에게 보여주었다. 피와 햇빛을 섞은 듯한 진한 다홍색의 머리, 검은 천으로 눈을 가렸음에도 모든 것을 꿰뚫어 본다는 진짜 루넬의 등장이었다.
귀족들은 루넬의 등장에 열광하며 모두 루넬에게 몰려들었다. 루넬은 그들을 보며 짧게 인사를 나누었다. 밝게 웃는 그녀의 모습에 멜리아와 리베르다 둘 다 멍하니 그녀를 바라보았다. 그러자 루넬은 느껴지는 시선을 따라 그들에게 갔다.

"너희 때문에 귀족들이 모여들었구나. 둘 다 이 영지에서 꽤 유명한 인물들이네. 이야기는 들었어. ..특히나 리베르다는 잘 알고 있어. 네 이야기는 꽤 유명하거든."

루넬은 그들의 앞에서 알 수 없는 말을 하며 슬픈 표정을 지었다. 지금껏 상상한 권위 있는 신이 아닌, 인간과 소통하며 약한 모습도 잘 보여주었다. 신이라고 유명하지만 않았더라면 인간이라 해도 속을 정도로 말이다.
리베르다의 당황한 모습에 멜리아는 리베르다의 귓가에 작게 속삭였다.
'세상은 무조건 상상처럼 흘러가진 않더라.'라고 말이다. 평소 같으면 무슨 말이냐고 투정부터 부렸겠지만, 오늘은 어째선지 그 말이 이해되는 듯했다.

"미안하다. 리베르다, 그 전쟁을 말리지 못한 것은 내 잘못이야."
"..지금 저한테 사과를 하, 하신 건가요?"

리베르다가 당황한 듯 루넬을 바라보자 루넬은 리베르다의 손을 잡고 무언가를 읊조렸다. 무슨 말인지는 알 수도 없었지만, 듣고 있으면 참 마음은 편안해지는 듯했다.

리베르다는 당황스러웠다. 루넬과의 만남이 이럴 줄 몰랐다. 차가운 얼음장과 다름없다고 생각한 루넬은 너무나도 착했다. 증오해야 할 것은 한 번도 마주한 적 없는 신이 아니라, 자신을 조롱하고 비난했던 귀족들이었는데, 그것을 이제야 깨닫고 루넬만을 증오한 자신이 싫어지는 듯했다.

"당연하지. 표면적 이유여도 내가 얼마나 싫었을지 상상도 되지 않는다."

"..왜 당신이 사과를, 절 아프게 했던 건 당신이 아니잖아요."

"그들은 죽어도 네게 사과하지 않을 테니까, 나라도 사과는 해야 하지 않겠느냐. 말로만 하지 않겠다, 네가 원하는 것이 있으면 들어주마."

"웃긴 신이군요. 이런 존재가 세상을 통치한다니, 저는요. 다 필요 없습니다. 그들이 제게 사과하는 것은 진작 포기했으니까요."

"안타까운 이야기군. 그래서 원하는 것은 무엇인가?"

"..그냥 제가 쓴 책을 세상에 널리 퍼트려주십시오."

그렇게 리베르다는 품속에 꼭 안고 있던 책 두 권을 루넬에게 건네주었다. 루넬은 가볍게 두 책을 읽어보고는 싱긋 미소를 지으며 책을 가져갔다. 멜리아와 리베르다는 성공했다며 서로 기쁘게 웃었다. 2달이라는 짧은 시간 동안 수많은 노력을 넣어 만든 책, 그 책이 누군가에게 인정받았다니 참으로 행복했다.

루넬은 영지를 관찰하러 떠나기 전, 마지막으로 그들에게 한마디를 남기고 떠났다.

"리베르다, 너도 참 웃기는 놈이다. 소원으로 빌지 않아도 이 책은 세상에 널리 퍼질 수밖에 없는 책들을 내놓았으면서, 그걸 소원으로 빌어? 미련한 놈이군."

...그렇게 사라진 루넬은 다시 볼 수 없었다. 하지만 자신들의 계획이 전부 성공하니, 왠지 그날따라 하늘은 더 푸르렀고, 햇빛은 따사로웠다. 멜리아는 기뻐서 리베르다를 끌어안고 펄쩍펄쩍 뛰었으며, 리베르다도 오랜만에 밝은 미소를 지었다.

그날은 리베르다에게 있어서 자신을 옭매던 사슬을 끊어낸 듯했다. 신이라는 트라우마 속에서 뛰쳐나와 좀 더 넓은 세상을 보는 듯했다. 리베르다는 그날 저녁, 앞으로, 귀족들에 대한 사슬도 끊고 싶다고 생각하며 따뜻한 우유를 한 잔 마셨다.

그 뒤로 몇 달 후, 세상엔 공식적으로 루넬의 신화를 담은 책이 나오게 됐다. 객관적인 서술과 심층적으로 적힌 이야기, 게다가 루넬이 직접 공식으로 인정하는 발표를 하는 책으로 사람들은 책을 엄청나게 사게 되었다.

그 책은 얼마 안 가 루넬을 믿는 종교의 공식적인 경전이 되었고, 귀족들은 책 저자를 루넬만큼이나 칭송하였다.

절대 악이 절대 선으로 뒤바뀌는 역사적 순간이었다.

그리고, 함께 내었던 흑백논리에 관한 책은 수많은 철학자에게 귀감이 되었다.

신을 믿지 않는다는 이유로 악이라 칭하고, 신을 믿는다는 이유로 선이라 칭하는 흑백논리는 사라져야 한다는 내용에 감명받은 다른 신을 믿던 신도들은 몇백 년 후, 대규모 종교혁명을 일으키기도 하였다.

역사는 승리자에 의해서 쓰인다. 종교혁명이 일어난 이후, 흑백논리는 점차 사라지는 듯했다.

물론 그런 혁명을 겪어도 흑백논리를 완전히 소멸시키는 것은 불가능했지만 말이다.

참, 리베르다는 책을 쓴 이후 영지에서 영웅으로 칭송받으며 그를 조롱했던 귀족들도 그에게 영지의 자랑이라고 말했다. 물론 사과는 듣지 못한 채, 리베르다가 그렇게 고통받았던 절대 악이라 칭해진 과거는 모두의 기억에서 억지로 지워져 버렸다.

이곳에 왔을 때부터 전혀 풀어질 것 같지 않던 악인이라는 족쇄는 너무나도 쉽게 풀려 버렸다.

하지만 괜찮았다. 그들에게 인간으로 취급받는다는 것은 너무나도 행복한 일이었고, 행복한 삶은 절대 놓고 싶지 않고 싶은 것이었다.

그렇게 리베르다는 그 뒤로 편하게 살아가다가 멜리아와 함께 지내며 사랑의 싹이 트게 되었다. 그렇게 후손을 낳게 되었고, 리베르다의 아노델리아 가문은 오랫동안 명문이 되어서 꾸준히 유지되었다. 후손들은 리베르다의 뜻을 기리기 위해 루넬의 활동을 꾸준히 작성하였다.

물론 객관적인 역사 서술로 칭송받았던 리베르다의 신화와는 다르게 후손들은 점점 신 중심으로 쓰기 시작한다며 욕을 먹기도 하였다.

세상은, 루넬을 중심으로 한 이 세상은 경전이 등장으로 모두 행복해졌다.

리베르다도 참 행복하였다. 하지만, 세상엔 아직 흑백논리가 지워지지 않았기에, 절대 악으로 조롱받았던 리베르다를 절대 선으로 바꿀 수 없었다.

그들의 논리에 완벽하게 어긋나는 '리베르다'라는 인물은 눈엣가시나 다름이 없었다.

그렇기에, 그들은 리베르다의 더러운 과거를 전부 숨겨버리고, 태어났을 때부터 절대 선으로 살아온 인물로 탈바꿈하였다.

역사는 승리자에 의하여 작성된다.

역사는 승리자가 정한 기준에 의하여 작성된다.

리베르다는 역사에서 승리한 적이 없었다.

흑백논리에 대해 그렇게 울부짖었건만, 달라지는 것은 없었다.

그렇게 리베르다는 살아서는 '악인'이라는 족쇄를 찼고, 죽어서는 '선인'이라는 족쇄를 차게 되었다.

흑백논리는 사라지지 않았다.

우리는 그들의 일부를 보고 함부로 선인과 악인을 판단할 것이다.
모두가 중간에 살고 있음에도 중간에 살지 않는다고 믿는 이 논리는
앞으로도 완전히 소멸하지 않을 것이다.
어쩌면 지금 우리 주위에도 있을지도 모른다.

여름, 색

백유림 [여름]

　왜인지, 평소보다 뜨겁지 않은 여름.
왜인지, 분홍색 길이 진한 초록색이 되어 파릇해진 도로가 어색해진 여름.
잠시 멈춰있던 분수대는 시계를 돌려 흘러가듯, 투명한 물줄기로 우리를
반기고 이제 막 피어난 꽃들은 예쁘게 물들어 우리를 반긴다.
우리의 손은 겉옷 주머니가 아닌 뜨거운 태양을 가릴 그늘로써 쓰인다.
겨울엔 눈이 와서, 봄엔 꽃샘추위가, 가을엔 겨울을 맞이하려 차가워진 바
람에, 손을 잡았고, 지금 우리는 차가운 음료에, 손을 녹이려 손을 마주
잡았다.
평소와는 다른 날, 어쩌면 우리의 사랑과 같은 색을 띤, 여름.
푸른 색으로 빛나다가도 태양처럼 뜨겁게 타오르고, 순수한 아이같이 노
란색을 띤, 여름.
푸른 색 하늘, 길가의 꽃들에 시선이 머무는 시간.
여름의 추억을 담는다.
손 부채질을 하는 너를 보며 카페에 들어와 앉았다.
너도 더우면서 나 먼저 챙기는 너를 보고 더위란 없는 이곳에서 얼굴이

83

붉어짐을 느꼈다.

조용한 카페 안 작은 에어컨 소리만이 우리 귀를 간지럽힌다. 너는 쓰기만 한 아메리카노를 왜 좋아하는지 모르겠지만, 창밖을 보며 아메리카노를 마시는 너를 내가 왜 좋아하는지는 알 거 같다. 시간 가는 줄도 모르고 너만 보다가 애꿎은 얼음을 건드린다. 살짝 건드리니 일정하게 파장을 이루던 음료가 일렁이며 또 너를 비춘다.

매미가 우는소리에 놀라 널 쳐다보면 너는 또 웃겠지.

살짝 웃는 네 입술에 살포시 내 입을 맞춘다. 그럼 넌 또 웃는다. 자리에서 일어나 밖으로 나와 천천히 걸으면 바람이 살랑이며 불어온다. 시계가 12를 가리키고 있다.

아쉽다며 헤어져야 하는 시간. 너는 날 데려다 준다.

"잘 가, 차우진…."

"너도, 잘 들어가"

아쉬운 티 하나 없이 덤덤하게 말하는 너에게 조금 서운하기도 했다. 그래도 괜찮다, 여름의 밤은 짧으니까.

우리의 밤은 짧고 우리의 밤은 서로 기억하기 좋은 시간이니까. 인사를 하며 안았다. 볼에 입술을 맞추며 내일의 만남을 약속했다.

"사랑해, 이연우"

"나도, 사랑해 잘 가"

손을 흔들며 인사하는 우리의 머리 위로 밤하늘의 별들이 쏟아지는 듯했다. 고요해진 이 시간, 너와 있던 공간에 별들이 쏟아져 내린다. 짙어져가는 어둠에 작게 빛나는 너라는 별.

여름날의 소나기처럼 갑자기 찾아온 네가, 내 첫사랑이 되어 여름비처럼 내려 나를 적신다. 작은 우산을 나누어 쓰듯 작고 소박한 사랑을 나누려 네가 찾아왔나 보다.

"이 세상에 더딘 사랑의 의미를 찾아 여름밤의 색으로 우리를 그린다."

흰색의 사랑을 한다는 건

백유림 [흑백논리]

    흑과 백의 색만 존재한다면 우린 어디에 속할까. 아마 난 검은색으로 물들 것이다. 또 아마 넌 영원한 흰색으로 머물겠지, 넌 나에게 한없이 깨끗하고 착한 존재였으니까. 흑과 백의 세계. 중간은 없다. 사이의 회색이란 순간의 찰나에도 존재해서는 안 된다. 인간은, 한순간에 악과 선으로 나뉜다, 이 세계는 그렇다. 이 세계에서는 그래야만 한다. 그 누구도 이 세계에 대해 의문을 가지는 사람도, 반박하려는 사람도 없다. 우린 곧 흑과 백으로 나뉜다. 그렇게 많던 색들은 사라지고 우린 악마와 천사가 되어버린다. 인간은, 변화해야만 한다. 행복하기 위해 악이 되어야 하고 행복하기 위해 선이 되어야 한다. 그래야만 한다. 누군가에게 선한 사람인 것이 행복일 수도 있고, 어쩔 수 없을 수도 있다. 하지만 인간은 후회하더라도 순간순간, 상황에 맞게 변화하고 바뀌어야 한다. 우리가 악이라고 부르는 흑색의 사람들도 흰색의 아픔을 겪고 회색의 관계를 맺는다.

    우린 악이자 선인 흑백의 존재이다. 난 이해할 수 없다. 왜 이런 세계가 존재해야 하고 왜 고민해야 하는지. 너는 어떨지 모르겠지만 나에게 있어서 나는 1순위니까, 난 당연하게도 악을 선택해야 한다. 가장 사랑하는 사람을 위해 악을 선택하는 일이니까. 또 넌 당연하게도 선을 선택할 것이다. 아니 선택하게 할것이다. 나는 네가 조금 힘들더라도, 좋은 사람으로 기억되길 바란다. 내가 꼭 이루려고 했던 꿈이자, 삶의 이유였으니까.

나는, 흰색의 사랑을 할 일은 없다. 나는 태생부터 좋은 사람이 될 수 없다. 그렇게 자라왔다. 나는 저런 어른들처럼 살고 싶지 않았다. 더럽고 추한, 비리와 거짓으로 가득한 삶은 입에 담기도 두려웠다. 난 그런 사람들 사이에서, 어른이 되었다. 또 나는 내가 그토록 싫어하던 그 사람들과 비슷해져 버렸다. 그 사람들에게서 배운 건 그저 명예와 부, 비리와 거짓뿐이니까. 세상이 점점 바뀌고, 나는 너랑 도망갈까 했지만, 도망가지 못했다. 나는, 겁이 많으니까. 도전하고, 맞는 말을 하는 것들이, 어릴 적, 어른들에 의해 당연하지 않아졌다. 그것도 모자라 옳지 못한 일이라고 타이르며 흑과 백에 잠식되어가는 세상에 남아 익사했다. 결국 나는 나를 잃었다. 더는 나는 내가 아니게 되었다. 결국, 나는 흑이라는 차원에서 악으로 살아가야 했다. 너라는 흰색의 사랑은 결국 이루어질 수 없었다. 몇 달이 흘렀을까, 처음엔 미친 듯이 거부했다. 널 잊지 못했고 하루하루 검은 그림자와 싸웠다. 그러기도 잠시 곧 내 정신과 육체는 검은 피로 물들었다. 너라는 흰색은 잊었다.

몇달 뒤

이제 막 적응하고 살아가는데, 이미 사람들은 이 세계에 질려버린 듯했다. 이 세계에 대한 불만들을 표했고 반란이 일어났다. 흑과 백의 세계 속 사람들은 한 곳에 모였고 잊고 있던 한편에 기억들이 수면 위로 떠올랐다. 그리고 난, 너라는 흰색이 아닌, 빛. 너라는 색을 보았다. 흑백논리의 세계, 단 두 개의 답만 존재하는 곳. 난 그곳에서, 너라는 또 다른 답을 찾았다. 진한 검은색도, 회색도 아닌 무채색에서 벗어난 다른 세계의 빛을 느꼈다.

" 도망가자. " 너를 보고 난 뒤, 난 또 한 번의 꿈을 그리려고 한다. 이번엔 스케치가 아닌 백지에 색을 입혀볼까 한다.

" 어른이라는 건, 흰색의 사랑을 하는것. 흰색을 사랑 한다는 건, 좋은 사람이 되는것. "

나의 꿈이자 목표이자 나의 신념이다. 몇 번이고 말하면서 수없이 되뇌었다. 위태로운 선 위, 끝과 끝의 우리.

우리를 막고 있는 꼬여버린 선들을 풀어 사이의, 중간에서 만나자.

크리스틴의 과거

최여정 [흑백논리]

눈이 부신 햇살이 비치는 아침, 밖에선 새들이 지저귀는 소리가 들린다. 크리스틴은 매일 아침 새들이 지저귀는 소리와 함께 일어난다. 크리스틴은 깔끔한 것을 좋아한다. 크리스틴의 방을 보면 알 수 있다. 옷들과 모든 사물들이 가지런히 정리되어 있고, 매일 아침 일어나자마자 이불을 정리하고 크리스를 깨우러 간다.

"(똑똑) 형 일어나~ 출근해야지."
"으우·· 5분만·· 조금만 더 잘래··."
"형, 그러다가 지난주에 오픈 시간 2시간 늦었잖아."
"아, 오늘은 안 늦어·· 5분만 잔다고 또 늦겠냐고···."
"형. 지난주에도 똑같이 말했거든··.——"
"아··. 오늘은 진짜 안 늦어···."
"알겠어. 그럼 더 자··는 페이크~! (이불 뺏음)"
"아아! 이불 조·· (초롱초롱)"
"그 얼굴로 그런 눈빛으로 나 쳐다봐도 소용없어. (단호박)"

"치‥ 알겠어. 일어나면 되잖아‥‥."

그렇게 서로 티격태격하며 아침을 시작하는 것이 이 형제의 루틴이 되어버렸다. 크리스는 투덜대며 일어나 카페로 출근할 준비를 하고, 크리스틴은 학교 강의 들을 준비를 했다.

(몇 시간 뒤)

강의가 끝나고 크리스틴은 형이 운영하는 카페로 향했다.

(띠링-) "형 나 왔어."

"그래‥. 이 시간대 손님이 너 말고 더 있겠니‥ 점심시간인데."

"형. 나 고민 좀 해결해 주라‥."

"엥? 너 님이 고민이란 게 있을 수 있었니‥?"

"천사라고 다 고민, 걱정 없는 거 아니거든___"

"넌 다른 사람 대하는 거 보면 천사 같은데 나한테 하는 짓은 나랑 똑같은 악마 놈 같단 말이지‥."

"아니 그게 문제가 아니고‥. (이러쿵저러쿵)"

크리스틴의 고민은 이러했다. 크리스틴이 강의가 끝나고 카페로 가려고 짐을 챙기는데 고등학교 친구에게서 문자가 왔다. 그런데 그 친구가 크리스틴에게 '내 친구가 내 스토리 보고 너 맘에 든대'라고 연락이 왔던 것이다. 크리스틴은 거절을 못 해서 엉겁결에 제안을 받아들였지만, 크리스틴은 여태까지 소개팅이나 미팅을 해본 적도 없고 연애 경험도 없다. 크리스틴의 외모를 보면 연애 경험이 없는 게 이상해 보일 수도 있으나 고등학교 시절 크리스틴이 동성애자라는 소문에 많은 여자애들이 실망하고 남자들은 크리스틴을 피해 다녀 고등학교 생활 내내 혼자 다니기 일쑤였다. 그 덕에 크리스틴은 2년이라는 시간 동안 우울증을 앓았고, 4년이라는 긴 시간 동안 우울증 약을 복용하며 정신과 치료를 받으러 다녔다.

그러한 이유들이 크리스틴을 여태껏 연애를 못 해본 천사로 만들었던 것이다.

크리스틴은 형에게 고민을 털어놓았고, 형은 자신이 대타로 나가주겠다는 결과가 나왔다. 크리스는 상대방에게 형의 퇴근 시간에 카페 앞에서 보자고 연락을 보냈다.

소개팅 당일 저녁, 형은 음료 2잔과 조각 케이크 하나를 테이블 위에 두고 상대방을 기다렸다. 그렇게 10분쯤 지났을 무렵, 문이 열리는 소리와 훈훈한 남자가 들어왔다. 크리스는 남자에게 다가가 말했다.

"저기에 잠시 앉아 계세요."

남자는 당황한 듯 말을 더듬으며 대답했다.

"네? 아‥ 네."

크리스는 남자가 예상외로 일찍 와서 약간 당황했지만, 얼른 마감하고 남자가 앉아있는 반대편으로 가서 앉았다.

잠시 둘 사이엔 정적이 흘렀다. 남자는 정적을 깨고 먼저 입을 열었다.

"그‥ 혹시 소개팅…?"
"아, 네. 맞아요. ㅎㅎ"
"제가 본 사진이랑 많이 다르시네요…. 우성 알파 치시곤 체구도 많이 작으시고…. ㅎㅎ"
"아 그건 제 동생이고, 제가 동생 대신에 나왔어요. 뭐 대신 나온 저라도 맘에 안 드시면 가시면 되고요. ㅎㅎ"
"아, 아닙니다. 여기까지 왔고 당신도 조금이라도 시간은 헛되이 보내고 싶으시진 않으실 테니."

"근데 먼저 소개해달라고 부탁한 거예요?"

"네. 동생분이 제 이상형이랑 비슷하게 생기셔서요."

"혹시 나쁜 남자 좋아해요?"

"네? 아, 그런 건 아닌데…"

"그럼 포기하시는 게 좋으실걸요? 제 동생 저만큼 독해요. 걔가 천사라니 유전자가 의심될 정도라니까요."

"ㅎㅎ‥(띠리링) 저 잠시 실례하겠습니다."

"네."

그 남자는 자신이 원하던 상대가 아니어서인지 그렇게 다정하지만은 않았다. 전화를 받으러 갔던 남잔 다시 돌아와 크리스에게 미안하다며 자리를 떴다.

처음

함승현 [여름+학교]

나는 너에게 무엇일까?
9년 지기 소꿉친구, 제일 신뢰할 수 있는 사람 혹은 친구?
나는 그걸로 충분하지 않아.
나는 너에게 너의 삶의 전환점이 되고 싶은 너를 좋아하는 사람이야.

그런 나를 모르는 너를 여전히 좋아하고 있어, 민지원.

 이진혜는 걷다 내가 있는 쪽으로 뒤를 돌았다.
그러곤 나에게 넌지시 물었다.

"민지원, 뭐하냐."

"응?"

나는 이진혜를 멍하니 바라보고 있었다.

왜인지 발이 떼어지지 않았다.

"빨리 안 오면 네가 좋아하는 초코우유 안 사준다."

"아! 그건 안 되지!!"

평소와 같은 거리인데도 이진혜는 무언가 이상했다.

마치 계속 기다리던 것을 이제는 놓고 자유로워진 사람처럼.

착각이겠지, 그래야 할 텐데.

내가 하지 못한 말들이 얼마나 많은데.

나는 이진혜를 좋아한다, 9년 전부터 좋아해 왔다는 걸 네가 알게 된다면 뭐라고 할까?

너는 나에게 그런 말을 왜 지금까지 말하지 않았냐고 말할까?

아니면, 계속 좋아해 왔다고 말해줄까.

아무래도 후자는 아니겠지…?

그래도 가끔은 후자라고 네가 고백해주길 바랄 뿐이야, 우리는 친구라는 관계가 뒤틀리는 것을 무서워할 뿐인데 말이야.

그래도 나는 지금도 좋은 것 같아, 내가 한 발짝 다가가면 네가 한 발짝 물러나는 이 경계선도 좋아.

"야, 진짜 안 사주는 수가 생겨."

"아, 간다니까~"

나는 너의 발걸음을 따라 걷기 위해 빠른 걸음으로 너의 발걸음을 급하게 따라잡으려 했다.

　그리고 너는 나의 발걸음에 맞추려고 천천히 걸어준다.

　나는 너에게서 이런 점이 좋아, 아무리 내가 느려도 나의 속도에 따라 맞추려 해주는 네가 너무 좋아.

　나는 나란히 같이 걷고 있는 너의 손을 보며 걷다 생각에 빠진다.

　손까지 귀엽다고 하면… 죽겠지?
　그런 생각들을 하다 보니 벌써 매점 앞에 도착해 있었다.

　"초코우유랑 또, 뭐."
　"음~ 지원인 더 필요 없어요~"

　나를 보는 이진혜의 눈은 맑게 빛나다가 내 애교…라는 것을 듣고 잔뜩 화가 났는지 무표정으로 변해 더는 맑게 빛나지 않았다.

　'…빡쳤나?'

　"뒤질래?"

　'빡쳤네….'

　"아니, 진혜가 다 받아줄 줄 알고 그런 거지~"
　"그런 거 안 받고 네 초코우유는 받아도 되는 거냐."
　"헉! 안돼, 나의 소중한 초코우유는!!"
　"또 옆집 개랑 사이좋게 놀려고 연습 중?"
　이런 쓸데없는 말들도,

"이런 거, 잘 받아주니까 이러는 거지요~"
"그럼 이제부터 안 받아줘도 돼?"
"응?"

나는 순간 멈칫했다, 이게 아닌데….
원래는 진혜는 '됐고, 교실이나 가자.' 이랬을 텐데…?

"…농담."
"아, 뭐야~ 진혜는 나 두고 가면 안 돼~?"
"알겠으니까, 놔라."

나는 이진혜의 팔을 잡고 늘어졌다.
네가 아니면 나는 안돼, 안된단 말이야.

"후…."

나는 집에 들어와 곧바로 씻었다.
무언가에 홀리듯 대답하는 나 자신이 너무 처참했다.
그렇게 다짐했는데, 민지원의 물음에 한순간에 무너진 내가 너무나도
비참했다.
내가 왜 다시 잡았을까, 언제나 봐주는 것도 아닌데.

"더 이상은 휘둘리기 힘들단 말이야…."

왜 너는 하얗게 미소를 지으며, 하얗게 모른다는 듯 대답해주는 걸까.

이제는 알 때가 되지 않았을까.

매번 너에게 고백하려던 말을 턱 끝에서 간신히 삼키고 있는데, 너는….

"내일은, 말해줄까."

…모르겠다.

나는 민지원에 대한 생각을 접어두고 잠에 빠져들었다.

그리고 자기 전 마지막으로 생각했다.

'내일은 민지원이 알아주기를.'

다음날, 나는 등교하여 교실 문을 열고 일찍 온 사람이 있는지 교실 안을 살폈다.

그리고 교실 안을 살피다 내 자리 옆에 앉아 졸고 있던 민지원을 발견했다.

고개를 꾸벅거리면서 올 친구들에게 인사를 해대고 있었다.

나는 날숨을 하곤 내 자리에 앉아 아직도 꾸벅거리는 민지원을 바라보았다.

"하여튼…."

예측 불가능이라니까.
나는 민지원의 어깨를 검지로 살짝 쳐서 민지원을 깨웠다.
어깨를 살짝 친 게 민지원은 많이 놀랐는지 비명을 지르며 일어났다.

"흐악!"
"왜, 자고 있는 거야."
"지, 진짜 깜짝 놀랐잖아…."

나는 싱긋 웃곤 민지원을 바라보며, 생각했다.
아…, 나는 민지원이 나를 바라봐주는 것을 기대하는 게 아니구나….
나는 그저, 민지원의 옆에 있는 게 좋은 거였어.

그러니까, 나는 접어보려고.
그럼, 잘 가.

'나의 이름 없는 이름표'

나는 민지원을 보곤 환하게 웃어 보였다.
내가 너에 대한 생각과 마음을 접어도 네가 그대로 있어 주길 바라는
마음으로 지금까지 볼 수 없었던 나의 해맑은 웃음을.
이런 생각을 하며 웃는 나를 본 민지원은 홱- 하곤 상체를 다른 쪽으
로 돌렸다.
나는 그런 민지원을 보며 씁쓸한 미소를 다시 지어보고 민지원의 등
을 나의 등으로 살짝 밀곤 말을 건넸다.

"네가 이 시간에 왜 학교에 있는 거야?"
"내, 내가 이 시간에 학교에 올 수도 있지!"
"왜 갑자기 긴장하고 그래."

나는 등에서 느껴지는 따뜻한 온기와 떨림을 느끼며 어제 읽던 시집을 펴 다음 페이지를 넘겨 시를 읽고 있었다.

네가 떠난다는 것은 알고 있어
그런데 나는 왜 너를 떠나지 못하고
너를 중심으로 돌기만 할까?

내가 하는 사랑은 사랑이 아닐지 몰라

그래 내가 느끼는 것은 사랑이 아니라
미련이었어
그리고 내가 아픈 건,

갑자기 기울여지는 중심에 놀라 나는 비명을 지르다 눈을 질끈 감았고, 후에 올 고통을 기다렸다. 그러나 고통보단 내 머리가 들려져 배개 같은 것에 기대졌고 쿡쿡거리는 웃음소리가 바로 내 얼굴 위에서 들렸다.

그리고 나는 천천히 눈을 떴다.

"너 표정 되게 웃기다."

'그건 그저 사랑이야.'

나는 중심을 잃는 순간 보았던 시의 한 구절을 완벽히 이해해버렸다. 너무나도 잘, 아주 잘.

그래서 나는 네가 내 맘을 알아줬으면 좋겠어, 그래서 나는 이제야 너에게 전하는 거야.

내가 9년 동안 꾹 참고 있던 내 문제를 네가 해설해줬으면 좋겠어.
하나도 빠짐없이.

"너는 나한테 뭐야?"

그리고 나는 그 답을 듣고 내가 행복해했으면 좋겠어.
그게 만약 내가 후련한 답이든지, 내가 기다렸던 답이든지 간에.

"넌 나를 좋아해?"

대신에, 내 문제에 네가 상처받지 않았으면 좋겠어.
나는 그게 제일 힘들고 제일 듣고 싶지 않은 답이야.
그러니까….

"이제 알았어? 나는 9년 동안 기다렸는데…."

민지원은 웃으면서 나에게 답을 말해주었지만 나를 보며 얼굴을 붉히다 너무나 부끄러웠는지 얼굴을 두 손으로 가려버렸다.
그리고 나는 너의 답에 대답이라도 하듯 상체를 일으켜 민지원을 끌어안았다.

"너무 부끄러우니까, 아무 말도 하지 마…."
"내가 고백했는데?"
"아, 진짜…!!"

이런 게 사랑인가 봐.

작가의 말

박한별

제 글은 대사가 없어 지루할 수도, 읽기 힘들 수도 있습니다. 하지만 이런 부분이 어쩌면 제 글의 매력이 될 수도 있죠. 이야기를 들려주는 것 같으니까요. 제 꿈은 작가입니다. 글에 대한 욕심도 있고, 지식도 있고, 신념도 있죠. 저는 여러분이 보고 잘 봤다고 한마디를 할 수 있는 책을 쓰는 작가 되고 싶습니다. 피드백이 아닌 감상평을 들을 수 있는 글을 쓰고 싶어요. 여기 실린 제 글들은 언젠가 제 흑역사가 될지도 모릅니다. 하지만 그마저도 받아드릴려 합니다. 작가가 된다면 설명란에 있을 많은 글 중 하나가 될 것이기에. 저는 검색하면 설명란이 보이는 성공한 작가가 되고 싶습니다. 여러분이 아는 사람들에게 말하고 다닐만한 그런 작가. 그런 작가가 될 때까지 저는 글 쓰는 것을 멈추지 않을 것입니다. *하늘에서 비가 내려도 나중에 보일 무지개를 생각하며 우산을 쓰고 기다리는 것처럼.*

백유림

조금 금방 찾아와버린 여름이 야속하게 봄을 가져가 버려 미워하기도. 잠시 드리워진 여름의 기억들이 외로웠던 소나기를 위로하듯 글을 읽는 모든 분이 마음을 따스하게 채워가면 좋겠습니다. 어느새 겨울이 찾아와 하얀 눈은 소복히 쌓이지만, 마음만은 따뜻하게 보내셨으면 합니다. 적은 분량이지만 글을 읽는 분들의 기억 저 한쪽에 작게 자리 잡아 시간이 지나 떠올랐을 때 예쁘게 위로받을 수 있길 바랍니다. 글 읽어주셔서 감사하고 이 글을 발판 삼아 더 발전한 모습으로 돌아오겠습니다. 다시 한번 감사합니다.

함승현

안녕하세요! 맨 마지막 작은 분량의 '처음'을 쓴 함승현입니다. 몇 년 전의 얘기를 하자면 어렸을 때부터 좋은 사람이 되고 싶었어요. 제가 한 행동이 모두를 재미있고, 행복하게 할 수 있는 그런 사람. 그런 사람을 꿈꾸면서 저는 '작가'라는 작은 꿈을 가지게 되었습니다. 그리고 점점 커가면서 작가라는 직업은 매우 힘들고 고된 시간이 필요하다는 것을 알게 되었습니다. 하지만 저는 후회하지 않습니다. 이렇게 저의 말을 읽고 계신 것만으로도 저는 제가 되고 싶었던 사람이 되어가고 있다는 뜻이니까요. 이렇게 말하다 보니 이 글이 저의 한 역사의 페이지가 되고 여러분의 기억의 한 페이지가 되어간다고 생각하니 너무나 기쁘네요. 저의 못나고 울퉁불퉁한 글을 읽어주셔서 감사합니다. 저는 더욱 노력해서 열심히 갈고닦은 글로 몇 년 후엔 여러분이 한 번쯤은 들어본 작가가 되도록 노력하겠습니다. 저의 말을 듣고 읽어주셔서 감사합니다.

이 책에는 카페24(주)이 제공한 "카페24 고운밤"이 적용되어 있습니다.
이 책에는 카페24(주)이 제공한 "카페24 빛나는 별"이 적용되어 있습니다.
이 책에는 강원도교육청X헤움디자인이 제공한 "강원교육새음체"이 적용되어 있습니다.
이 책에는 평창군이 제공한 "평창평화체"이 적용되어 있습니다.
이 책에는 네이버와 네이버문화재단이 제공한 "마루부리 중간"이 적용되어 있습니다.